Febr. 92
von Rainer

Danilo Kiš schildert aus der Sicht eines empfindsamen Kindes eine Welt voller Geheimnisse und Abenteuer, in der selbst die einfachsten Dinge von Bedeutung sind: die aufgeplatzten Kastanien im Herbst, der Duft von Heu und Klee. Die Mutter, deren kunstvolle Angorapullover, gestrickt für die Bäuerinnen, dichterischen Erzeugnissen gleichkommen, spielt die wichtigste Rolle im Universum des Jungen Andi, zu dem auch die Schwester Anna, die kleine Julia, die auf dem Heuboden Andis Verlobte wird, und vor allem der treue Hund Dingo gehören. Die geheime Hauptfigur in Andis Leben und Gegenstand seiner kindlichen Sehnsucht ist jedoch der Vater, der verrückte Luftmensch und Erfinder internationaler Fahrpläne, der schattenhaft durch den Roman geistert. Er findet später in einem Lager ein schreckliches Ende.

Wie schon in seinem Roman ›Sanduhr‹ betätigt sich Danilo Kiš als detailbesessener Archivar, sichtet, sammelt und beschwört so eine vergangene und verlorene Welt herauf, die seiner Kindheit und die des mitteleuropäischen Judentums, um sie dem endgültigen Vergessen zu entreißen.

›Frühe Leiden‹ ist der erste Teil einer Romantrilogie, die der Autor selbst als »Familienzirkus« bezeichnete.

Danilo Kiš, als Sohn eines ungarischen Juden und einer Montenegrinerin 1935 in Subotica geboren, entging dem Holocaust, weil ihn seine Eltern 1939 taufen ließen. Sein Vater kam 1944 in Auschwitz um. Danilo Kiš, der seit 1979 bis zu seinem Tod im Oktober 1989 überwiegend in Paris (sonst in Belgrad) lebte, gilt schon jetzt als einer der größten europäischen Autoren dieses Jahrhunderts. Für den Erzählungsband ›Enzyklopädie der Toten‹ (Fischer Taschenbuch Bd. 9198) wurde ihm der Ivo-Andrić-Preis zuerkannt; für sein Gesamtwerk erhielt er 1980 den ›Grand Aigle d'Or‹.

Im Fischer Taschenbuch Verlag ist außerdem der Roman ›Sanduhr‹ (Bd. 9554) erschienen.

Danilo Kiš

Frühe Leiden

Roman

Aus dem Serbokroatischen
von Ivan Ivanji

Fischer Taschenbuch Verlag

Geburtsurkunde wurde von Ilma Rakusa übertragen.
Der Text wurde der serbokroatischen Ausgabe
von *Mansarda* entnommen
(Globus / Zagreb, Prosveta / Belgrad 1983).

Veröffentlicht im Fischer Taschenbuch Verlag GmbH,
Frankfurt am Main, Februar 1992

Lizenzausgabe mit freundlicher Genehmigung
des Carl Hanser Verlags, München/Wien
Die Originalausgabe erschien 1969
unter dem Titel ›Rani jadi‹ beim Verlag Nolit in Belgrad

Umschlagabbildung: Käthe Kollwitz,
›Hans Kollwitz mit Kerze‹

Satz: Libro Satz, Kriftel
Druck und Bindung: Clausen & Bosse, Leck
Printed in Germany
ISBN 3-596-10620-6

IM HERBST, WENN DIE WINDE AUFKOMMEN

IM HERBST, *wenn die Winde aufkommen, fallen die Kastanienblätter kopfüber, mit dem Stiel nach unten. Dann hört man einen Ton, als sei ein Vogel mit dem Schnabel auf der Erde aufgeschlagen. Aber die Kastanie fällt auch ohne den leisesten Wind, von allein, wie Sterne fallen – schwindelerregend. Dann schlägt sie mit einem dumpfen Schrei auf dem Boden auf. Nicht aus dem Ei wird sie geboren, wie ein Vogel, allmählich, sondern plötzlich zerplatzt die stachlige Hülle, bläulichweiß von innen, und heraus springen die teuflischen dunklen Mulatten mit strahlenden Wangen, wie die Backen eines lachenden Schwarzen. In mancher Hülle befinden sich Zwillinge; trotzdem können die Menschen sie unterscheiden: der eine hat eine Blesse auf der Stirn, wie ein Pferd. Seine Mutter wird ihn also immer erkennen können – an dem Stern auf der Stirn.*

Der Junge sammelt die Kastanien, die sich in

Löchern des Rasens versteckt haben, und stopft sie sich in die Backen. Sein Mund ist voll klebriger Bitterkeit. Der Junge lächelt. Man müßte auf einen Ast klettern, eine Kastanientraube aussuchen und warten. Dem Engel des Schlafes nicht erlauben, daß er dich betrügt. Man sollte drei Tage und drei Nächte lang, ohne Essen und Trinken, ohne Schlaf und Ruhe, immer nur die Frucht anstarren. Wie man den kleinen Zeiger der Uhr beobachtet. Die Stacheln sind hart geworden und etwas dunkler an den Spitzen. Wenn du sie ungeschickt berührst, machen sie dir ein kleines Loch in den Finger, und es fließt dein schönes rotes Blut. Dann mußt du an deinem schmutzigen Finger saugen, mit dem du soeben noch Bälle aus Schlamm und Pferdekot geknetet hast. Es kann dann auch zu einer Blutvergiftung kommen. Wenn so etwas geschieht, sterben die Kinder. Man tut sie in kleine, vergoldete Särge und trägt sie auf den Friedhof, zwischen die Rosen. An der Spitze des Zuges trägt man ein Kreuz, und hinter dem Sarg schreiten Mutter und Vater des Jungen und, selbstverständlich, seine Schwester, falls er eine Schwester gehabt hat. Die Mutter ist ganz in Schwarz, man sieht ihr Gesicht nicht. Nur dort, wo die Augen sind, da ist die schwarze Seide naß von den Tränen.

Ein Fräulein mit weißem Teint im schwarzen Kittel einer Gymnasiastin sitzt in einer Art Licht aus Kristall, das durch die halbverschlossenen Jalousien kommt. Die Sonne malt goldene Sterne auf die lila Fläschchen mit Kölnisch Wasser.

Ja, dies ist nun das Geheimnis des Veilchenduftes: das Fräulein, das Bildchen mit Schmetterlingen und Raubtieren verkauft, aber auch Parfums, liebt von allen Düften den Veilchenduft am meisten. Und trägt ihn überall ausgiebig auf: auf den Handflächen, auf ihrem üppigen roten Haar – obwohl wahrscheinlich zu rotem Haar ein anderer Duft besser passen würde . . .

Man müßte eine Fuge für Orchester und Flieder komponieren. Auf das Podium im verdunkelten Saal lila Fläschchen mit veredelten Düften tragen.

Diejenigen, die leise, ohne Aufschrei, das Bewußtsein verlieren würden, würde man in einen anderen Saal bringen, in dem der kindliche, heilende Duft von Linde und Kamille schweben würde.

DIE STRASSE DER KASTANIEN

MEIN HERR, können Sie mir sagen, wo sich die Straße der Kastanien befindet? Sie erinnern sich nicht? Sie muß aber hier irgendwo sein; ihr Name ist mir auch entfallen. Aber ich weiß bestimmt, daß sie hier irgendwo ist. Was sagen Sie, es gibt hier gar keine Kastanienallee? Ich weiß aber, mein Herr, es muß sie hier geben, es ist unmöglich, daß Erinnerungen so trügen.

Jawohl, noch vor dem Krieg . . . An der Ecke befand sich die Schule und vor der Schule ein artesischer Brunnen. Sie meinen doch nicht vielleicht, ich hätte das alles erfunden. In dieser Schule besuchte ich die erste Klasse und vorher den Kindergarten. Die Lehrerin hieß Fräulein Fanni. Ich kann Ihnen auch eine Photographie zeigen, mein Herr, auf der wir alle versammelt sind: Fräulein Fanni, unsere Lehrerin, ja, der da, der neben ihr sitzt, das bin ich, Andreas Sam, meine Schwester Anna, Fredi Fuchs, der Anführer unserer Bande . . . Ja, mein Herr, hervorragend, jetzt kann ich mich erinnern. Die Straße muß Bemstraße geheißen haben, weil ich ein Kämpfer in der Bande der berühmten Bemleute war, deren Anführer Fredi Fuchs (genannt Atza der Lange), ein Volksdeutscher, gewesen ist. Wunderbar, mein Herr, hätten wir dieses Gespräch nicht geführt, wäre mir überhaupt nicht eingefallen, daß diese Straße Bemstraße hieß, nach dem berühmten polnischen General, dem Achtundvierziger. Sagt Ihnen dieser Name etwas, mein Herr, Bem, Bemstraße? Ach, entschuldigen Sie, selbstverständlich können Sie sich nicht daran erinnern, falls Sie nicht schon vor dem Krieg hier gelebt haben, aber Sie könnten doch wenigstens wissen, ob es hier irgendwo eine Kastanienallee gibt? Diese Kastanien blühten im Frühling, so daß die ganze Straße ein wenig aufdringlich und schwer roch, außer nach einem Regenguß. Dann schwebte der Duft der Kastanienblüten vermischt mit dem Ozon überall ringsherum.

Ach, ich bin ins Reden gekommen, entschuldigen Sie, ich werde noch jemand anderen fragen müssen, es muß doch einen geben, der sich an die Straße erinnern kann, vor dem

Krieg hieß sie Bemstraße und war mit Kastanien bepflanzt.

Können Sie sich denn nicht erinnern? Und Sie auch nicht? Also, alles, was ich Ihnen sagen kann, ist, daß da an der Ecke ein Brunnen stand, ein artesischer, vor der Schule. In der Nähe gab es eine Kaserne, links, irgendwo um die Ecke, am anderen Ende der Straße. Wir Kinder durften nur bis dorthin gehen. Da war der Verkehr nicht lebhaft. Und an der Ecke, bei der Kaserne, begannen die Schienen (der kleinen gelben und blauen Straßenbahnen). Jawohl, mein Herr, ich vergaß, Ihnen zu sagen, daß den Kastanienbäumen entlang kurz vor dem Krieg ein Luftschutzgraben ausgehoben wurde, im Zickzack. Dort hielt sich unsere Bande auf. Vielleicht könnte Ihnen diese Information helfen, sich zu erinnern: es war ein großer Luftschutzgraben ausgehoben worden. Selbstverständlich gab es überall Luftschutzgräben, aber ich kann mich gut erinnern, Kastanien gab es nirgendwo, außer in unserer Straße. Das sind natürlich alles nur Details, aber was ich sagen wollte, ich kann mich ganz bestimmt erinnern, diese Straße war mit Kastanien bepflanzt, und dies, mein Herr, dies sind Akazien, einen Brunnen sehe ich auch nirgends, und trotzdem, es scheint mir ganz unmöglich, vielleicht irren Sie sich doch, vielleicht hieß eine andere Straße Bemstraße, diese da scheint mir zu klein. Ansonsten danke, ich werde es nachprüfen. Ich werde an irgendeine Tür klopfen und fragen: Hat diese Straße hier vor dem Krieg Bemstraße geheißen? Denn das alles scheint mir jetzt doch sehr verdächtig zu sein, mein Herr, ich glaube nicht, daß so viele Kastanienbäume einfach verschwunden sind, wenigstens einer wäre übriggeblieben, Bäume haben doch wohl ein längeres Leben, Kastanien, mein Herr, die sterben nicht einfach so.

Also, gnädige Frau, ich kann meinen eigenen Augen nicht trauen. Niemand ist imstande, mir zu erklären, wohin diese Kastanien verschwunden sind, und gäbe es Sie nicht, würde ich zweifeln, ob ich alles erfunden oder geträumt habe. Denn, wissen Sie, so ist es nun einmal mit unseren Erinnerungen, man kann nie sicher sein. Vielen Dank, gnädige Frau, ich gehe das Haus suchen, in dem ich gelebt habe. Nein, vielen Dank, ich möchte lieber allein sein.

Dann trat er an eine Tür, obwohl es nicht *jene* Tür war, und drückte den Klingelknopf. Entschuldigen Sie, sagte er mit einer ganz gewöhnlichen Stimme, wohnt hier Andreas

Sam? Nein, nein, sagte die Frau, können Sie denn nicht lesen? Hier wohnt Professor Smerdel.

Sind Sie sich denn sicher, wiederholte er, daß Andreas Sam hier nicht wohnt? Vor dem Krieg hat er doch hier gewohnt, das weiß ich bestimmt. Vielleicht können Sie sich an seinen Vater erinnern? Eduard Sam, mit einer Brille. Oder Sie können sich an seine Mutter erinnern, Maria Sam, hochgewachsen, schön, sehr still. Oder an seine Schwester, Anna Sam, immer mit einer Schleife im Haar. Also, sehen Sie, hier, wo dieses Zwiebelbeet ist, hier stand ihr Bett. Sehen Sie, gnädige Frau, ich kann mich wirklich ganz gut erinnern. Hier stand die Nähmaschine seiner Mutter, Maria Sam. Es war eine Singer, mit Fußpedal.

Oh, keine Sorge, gnädige Frau, ich evoziere nur Erinnerungen, wissen Sie, nach so vielen Jahren verschwindet alles. Da, sehen Sie, auf meinem Kopfkissen ist ein Apfelbaum gewachsen, und die Singer hat sich in einen Rosenstock verwandelt. Von den Kastanien, gnädige Frau, sehen Sie, keine Spur. Das ist, gnädige Frau, weil Kastanienbäume keine eigenen Erinnerungen haben.

Sie haben es ja gehört, das Haus gibt es nicht mehr. Auf meinem Kopfkissen ist ein Apfelbaum gewachsen. Ein knorriger, sich biegender Stamm ohne Früchte. Das Zimmer meiner Kindheit hat sich in ein Zwiebelbeet verwandelt, auf dem Platz, wo die Singer meiner Mutter stand – ein Rosenstock. Neben dem Garten erhebt sich ein dreistöckiges Haus, in dem wohnt Professor Smerdel. Die Kastanien sind gefällt worden. Vom Krieg, von Menschen – oder einfach von der Zeit.

Und hier, was in der Bemstraße Nummer 27 geschehen ist. Vor etwa zwanzig Jahren, die ich mit einem lyrischen Sprung nach vorn überspringen wollte. Zwei, drei Monate nach unserer Abreise betritt mein Vater das Haus Nummer 27 in der Bemstraße und trägt unsere Sachen hinaus: zwei Schränke, zwei Betten, die Singer meiner Mutter. Und als man das letzte Möbelstück hinausgetragen hatte, und das war jene Ottomane, in der die Sprungfedern sangen – Frau Smerdel, ich spreche noch immer mit Ihnen –, was geschah dann: »Als wir auch das letzte Möbelstück hinausgetragen hatten, meine liebe Olga, und das war jene Ottomane, in der die Sprungfedern sangen, stürzte das Gebäude wie ein Kartenhaus ein. Ich weiß selbst nicht, dank welchem

Wunder es mir gelang . . .« (Aus einem Brief von Eduard Sam, meinem Vater, an seine Schwester Olga Sam-Urfy.)

Jetzt sind hier Zwiebeln gesetzt, schöner grüner Porree, gute Frau . . .

DAS SPIEL

DER MANN guckte durch das Schlüsselloch und dachte, *das ist er nicht*; *das ist nicht Andreas*. Lange stand er so gebückt da und dachte: *Das ist nicht Andreas*. Er stand hartnäckig da, unbeweglich, auch noch als er Schmerzen im Kreuz spürte. Er war hochgewachsen, und das Schloß ging ihm gerade bis zum Knie. Doch er rührte sich nicht vom Fleck. Er machte keine Bewegung, nicht einmal, als ihm hinter den Brillengläsern die Augen zu tränen begannen, was ihm die Sicht vernebelte. Aus dem Zimmer strömte ein kalter Durchzug wie durch einen Flur. Doch er rührte sich nicht vom Fleck. Nur einmal berührte das Brillenglas das Schloß, und er zuckte ein wenig mit dem Kopf zurück. *Das muß ich Maria zeigen*, dachte er irgendwie schadenfroh, wobei ihm weder bewußt war, daß er es dachte, noch, daß Schadenfreude mit im Spiel war. *Ich muß Maria den Max Ahasverus zeigen, den Federhändler*. Er wußte nicht, weshalb, doch er hatte das Bedürfnis, sie zu beleidigen. Und das wird sie beleidigen, dachte er zufrieden. Ich muß ihr zeigen, wie die unterirdischen Flüsse des Blutes strömen. Daß Andreas nicht ihr Blonder Junge ist (wie sie meint), sondern sein eigenes Blut, Enkelsohn des umherirrenden Max. Und das wird sie schmerzen. Er triumphierte schon im voraus und freute sich auf ihr verborgenes Leiden, freute sich darüber, daß sie sich nicht einmal innerlich und stumm der Kraft seiner Beweise würde widersetzen können, wenn sie sehen würde (was er ihr zu zeigen hatte), wie ihr Blonder Junge, ihr Andreas, Kunden seine Ware feilbot und von Bild zu Bild ging, als irre er durch die Jahrhunderte. Das wird sie schmerzen. Deshalb hatte er keine Lust, sich vom Schlüsselloch zu entfernen, deshalb verschob er diesen Augenblick des Genusses, der ihm hier zum Greifen nah war. Aber er wollte, er konnte seine Hand nicht ausstrecken, um das Vergnügen, sie zu quälen, an sich zu nehmen. Deshalb verschob er diesen Augenblick immer wieder. Er wartete, er möge von sich aus reifen, blau werden und wie eine reife Pflaume in den Dreck fallen. Deshalb wollte er Maria nicht gleich rufen, sondern blickte hartnäckig immer noch durch das Schlüsselloch, durch das, wie durch einen Flur, der kalte

Luftzug noch aus jenen zeitlosen Entfernungen strömte. Und am Ende des Flurs, irgendwo in einer trüben, nebligen, fernen Perspektive, wie in der Dämmerung, stand er, Max Ahasverus, Federhändler, und bot seine Ware an, geschmeidig, jüdisch. Der Mann dachte nur an ihn, mußte an ihn denken, denn er sah ihn vor sich. Doch er vergaß keinen Augenblick, daß er das alles Maria zeigen mußte und daß es sie schmerzen würde. Deshalb also hatte er sie nicht gleich herbeigerufen. Er wartete, dieser Augenblick möge von sich aus reifen, blau werden wie eine Pflaume und fallen, um ihn dann mit dem Fuß zu zertreten, zu zerdrücken.

Der Junge ist jedoch allein im Zimmer. Er spürt, daß seine Hände frieren, und er hat schon lange Lust, in die Küche zu gehen, um sich aufzuwärmen, aber er kann sich nicht dazu aufraffen. Hier sieht ihn keiner, aber dort, in der Küche, vor den Blicken der Erwachsenen, dort könnte er nicht so spielen. Vielleicht würden sie ihn überhaupt nicht stören, würden nichts gegen sein Spiel einzuwenden haben (ganz besonders die Mutter nicht), denn es ist ja, das fühlt er, ein ganz harmloses

Spiel (was ist das gegen Zündhölzeranzünden im Schuppen oder gegen Passantenanspucken). Und doch ist es ein seltsames Spiel. Anna würde so etwas nie einfallen. Deshalb hält er beharrlich das große Sitzkissen, das er vom Bett genommen hat, auf der Schulter, schlendert durch das Zimmer, als müsse er sich unter der Last beugen, geht von Bild zu Bild (da ist etwas Sündiges daran, das fühlt er) und spricht halblaut vor sich hin. Neben der Nähmaschine, vor dem Fenster, liegen auf dem gescheuerten Fußboden seine vergessenen Spielsachen: Bleisoldaten, Ton- und Glasmurmeln. Aber jetzt spielt er ein anderes Spiel, obwohl er nicht weiß, wie es heißen soll: »Gnädige Frau, wünschen Sie weißen Schwanenflaum?« flüstert er, sich verbeugend, den Blick auf das geheimnisvolle Lächeln der Mona Lisa über Annas Bett gerichtet. Sein Gesicht verrät eine aufrichtige Enttäuschung. Dies war seine letzte Gelegenheit. Bisher haben ihn schon so viele Kunden abgewiesen. Und dieser Greis (mit dem lächerlichen Hut und der langen Pfeife zwischen den hasenschartigen Lippen), der über dem Bett seines Vaters hängt, und diese alte Dame mit vornehmer Haltung (mit krummer Nase und komischen, spitzen Knopfschuhen) und alle der

Reihe nach, und jetzt auch diese schöne Frau, die so geheimnisvoll zweideutig lächelt, mal denkst du, sie wird dir alles abkaufen, mal hast du den Eindruck, daß sie alles verächtlich ablehnt. Der Junge steht vor ihr, beleidigt und – verliebt. Er wartet auf ihre Antwort und denkt: Dieses Geschäft ist nichts für mich. Dieser Frau würde ich alle meine Waren für ihre schönen Augen schenken, für ihr Lächeln, und mein Geschäft würde eingehen. Soll es doch eingehen, denkt er, und seine Augen strahlen milde. Macht nichts, alles will ich ihr geben, soll sie nur in einem weichen Bett schlafen. Dann plötzlich, laut: »Frau Mona Lisa, da, für Sie, von einem jungen Händler, als Geschenk für Ihr Bett . . . Sie haben mit Ihrem Lächeln bezahlt, gnädige Frau!« Er verneigt sich und wird wahrhaftig rot, obwohl er weiß, daß das alles ein Spiel ist und Humbug, aber er schämt sich wegen seiner unerwachsenen Galanterie und des Verrats an sich selbst, denn wenn einer schon den Händler spielt, muß er auch danach trachten, seine Ware möglichst gut zu verkaufen, und darf nicht wegen eines Lächelns seinen Bankrott erklären.

Der Mann blickte durch das Schlüsselloch. Und sah seinen verstorbenen Vater Max Ahasverus. Das war kein Geist. Das war leibhaftig Max Ahasverus, der Federhändler. Er kam von irgendwoher aus der Ferne. Der Mann schwieg. Er fühlte, wie sich sein Blick trübte. Durch das Schlüsselloch strömte, wie durch einen Flur, ein scharfer Durchzug. Max hat eine Kundin gefunden: »Frau, wünschen Sie feine Gänsefedern?« sagte Max, verneigte sich schelmisch und nahm den Sack von der Schulter.

Der Mann schwieg.

»Frau Mona Lisa«, sagte Max, »das sind die besten Federn aus der ganzen Umgebung. Flaum von Ledas Schwan. Reinster Schwanenflaum gefällig?« Dann, ein Lächeln auf dem Gesicht der Kundin bemerkend, den Anflug eines Lächelns, das Verachtung und Liebkosung zugleich ausdrückte, aber doch auch etwas zu versprechen schien, nahm er seinen Sack wieder auf die Schulter und sagte mit einer Verneigung: »Adios, Señorita, Sie werden es bereuen.« Dann zuckte der Mann zusammen. Seine Hände, die bis dahin ruhig auf dem Rücken verschränkt waren, begannen auf einmal etwas zu sagen, was die Frau nicht sehen konnte, weil sie ihm den Rücken zugewandt hatte. Eduard aber konnte sich nicht vom Schlüsselloch trennen. Doch plötzlich richtete er sich auf und wischte sich die Augen, ohne die Brille abzunehmen, mit dem Taschentuch. »Maria«, sagte er halblaut, »rate mal, wer im Zimmer ist. Guck mal! Aber vorsichtig.« Die Frau drehte sich um, ohne das Kännchen abzustellen, an dem die lila Flamme des Spirituskochers leckte. »Wer, Eduard? Wer?« Sie sah, wie sich seine Pupillen hinter den Brillengläsern konzentrierten. »Wer? Wer? Schau doch hin!« rief er erbost. »Mein verstorbener Vater. Max Ahasverus!« Dann ließ er sich müde auf einen Stuhl fallen und zündete sich eine Zigarette an. Sie nahm das Kännchen von der Flamme. Man sah, daß auch ihre Hände zitterten.

Die Tür weinte auf, und der Junge zuckte zusammen. Die Frau erwischte ihn mit dem Kissen in den Armen. Außer ihm war niemand im Zimmer. »Andi«, sagte sie, doch sie konnte das Zittern ihrer Stimme nicht verbergen. »Was machst du da im kalten Zimmer? Deine Hände sind ganz klamm.«

»Nichts«, sagte er. »Ich spiele.«

»Laß dieses Kissen«, sagte sie.

»Aber Mama, ich spiele mit dem Kissen«, sagte der Junge, dann nahm er das Kissen auf die Schulter und stellte sich vor sie hin. »Gnädige Frau, wünschen Sie feinen Schwanenflaum?« fragte er lächelnd und verneigte sich. Die Frau schwieg. Dann erlosch das Lächeln auf dem Gesicht des Jungen (ja, er wußte es, er fühlte, etwas Sündiges war doch an diesem Spiel). Sie riß ihm das Kissen aus den Händen und warf es auf das Bett. Dann ging sie zur Tür, doch da blieb sie stehen, vom Blick des Mannes wie festgenagelt. Die Hand des Jungen loslassend, ging sie flink an ihm vorbei.

»Hast du Max Ahasverus gesehen?« platzte er heraus, so wie eine reife Pflaume in den Schlamm fällt.

»Ja, Eduard, ja. Ich habe ihn gesehen. Er bot mir Schwanenflaum an. *Madame, reiner Schwanenflaum gefällig?*«

»Es war einmal ein König«, begann die Frau dem Kind nach dem Gebet zu erzählen. »Und dann?« fragte der Junge, den Schlaf aus den Augen wischend (doch er wußte, ihr Märchen würde ihn, so wie immer, am Ende einschläfern, und all seine Mühe wäre vergebens). »Und er heiratete eine Zigeunerin . . .« »Und warum?« fragte er. »Die Zigeunerin war schön, die Schönste im ganzen Königreich. Und so gebar sie ihm einen Sohn, der das ganze Königreich erben würde. Dann aber, glücklich, weil er einen Thronfolger bekommen hatte, befahl der König, die Zigeunerin umzubringen, denn wenn man erfahren hätte, daß sie die Mutter des Kindes war, hätte sein Erbe den Thron verloren. So erfuhr das Kind nie, wer seine Mutter gewesen war. Zum Glück schlug das Kind dem Vater nach, und die Farbe seiner Haut verriet keine einzige dunkle Nuance des Zigeunerblutes.« »Das verstehe ich nicht«, sagte der Junge. »Ist auch nicht wichtig. Hör weiter zu«, sagte seine Mutter und bereute schon ein wenig, daß sie diese Geschichte angefangen hatte. Aber sie konnte jetzt nicht mehr aufhören; nicht nur des Kindes wegen. »... Es erzogen ihn die besten Lehrer und die Weisen des ganzen Reiches. Der König war zufrieden und glücklich.« Hier hätte sie einhalten können, weil sie ja selber nicht wußte, wie sie die Geschichte beenden sollte; es würde schwer werden für das Kind. Als sie aber hörte, wie der Junge »Und dann?« sagte (er war an die verschiedensten Wendungen schon gewöhnt), fuhr sie fort, noch bevor sie sich das Ende ausdenken konnte: »Eines

Tages sah der König in das Zimmer seines Sohnes, um sich davon zu überzeugen, ob der Prinz schon schlafe.« »Und dann?« Sie zögerte ein wenig, fuhr dann aber fort: »Da sah er das Kind mit einem Kissen aus Samt und Seide vor dem Bild seiner Mutter stehen und betteln: ›Eine Brotrinde, bitte, mächtige Königin‹ – sie ahmte die Aussprache der Zigeuner nach – ›und einen Fetzen, damit ich meine Blöße bedecken kann‹ . . . Wie von Sinnen stürzte der König ins Zimmer und riß seinen Sohn an sich. ›Was machst du da, Prinz?‹ heulte der Vater auf. ›Ich bettle, Vater‹, sagte der Prinz. ›Alle anderen Spiele sind mir langweilig geworden, die Pferde und die Falken, deshalb spiele ich jetzt Bettler.‹« Sie sprach immer leiser und schwieg schließlich. Der Junge war eingeschlafen. Sie löschte die Lampe und ging auf Zehenspitzen weg.

»Hat er auch seinen Sohn getötet?« hörte sie aus der Dunkelheit und zuckte zusammen. Dann kam sie zurück, um das Kind zu streicheln. »Nein«, sagte sie flüsternd, ohne Licht zu machen. »Ncin.«

DER POGROM

Der Wunsch, dieses Ereignis nicht zu verpassen, in das mehr oder weniger alle mir bekannten Persönlichkeiten aus der Straße mit einbezogen waren, sowie auch meine heimliche Absicht, den Knäuel all der Ereignisse zu entwirren, zu dem sich in letzter Zeit mein Leben verwickelt hatte, brachten mich dazu, mich mutig jener Menge anzuschließen, die keuchend durch die Straße jagte und mich mit sich zog. Ich lief Schulter an Schulter mit den Finanzbeamten und Feuerwehrmännern, schnaufte, am Ende meiner Kräfte, und paßte meinen Atem ihren Schritten an. Ich dachte, so würde ich den Sinn dieses Geschehens, das mich die letzten Tage von Grund auf erschüttert hatte und das mir auch meine Mutter nicht erklären konnte, einfangen können. Ich lief und kämpfte gegen meine Angst an. Der Schnee knirschte unter unseren Füßen, wurde zusammengestampft und hart wie das Pflaster, spröde und klingend. Die Menge stapfte durch den Schnee wie ein gewaltiger Tausendfüßler, und aus den Mündern stieg Dampf auf, sauber und weiß. Durch den Vorhang stinkender Ausatmungen und jagenden Atems drang trotz des Schneefilters der Geruch billigen Parfums zu mir, der säuerliche Geruch von Schweiß, den die grünen Uniformen der Finanzbeamten und die blauen Kapuzenmäntel der Feuerwehrmänner verströmten. Plötzlich hörte man das Klirren von Glas, das wie ein Blitz über der Menge aufzuckte, und danach, wie ein fernes Echo, das Krachen splitternder Bretter und schließlich einen Seufzer der Erleichterung, als das Tor dem Druck nachgab.

Ich blieb hartnäckig unter dem Vordach des Magazins stehen, mich an Mantelsäumen, an Frauenröcken festhaltend, wurde zurückgedrängt und wieder weggestoßen, kehrte hartnäckig wieder zurück und schlüpfte durch den Wald von Beinen, getragen von Angst, überzeugt, daß ich hier, mitten im Herzen der Gefahr, am besten vor diesen Menschen verborgen sei, wohl wissend, daß ich mich nicht aus dem sicheren Versteck ihrer Raserei entfernen durfte, mich keine Handbreit von dieser vielgliedrigen Masse entfernen durfte, sonst hätte man mich erwischen und mit den Füßen zertreten können.

Da sich das Tor des Magazins nach außen

hin öffnete, stellte sich die Frage, wie man es aufmachen sollte, da keiner die ersten Reihen verlassen mochte. So entstand ein höllischer Lärm, man brüllte und fuchtelte mit Stöcken, hampelte und rief um Hilfe. Plötzlich, ich weiß nicht, durch was für ein Wunder, schnitt das große einflüglige Tor wie die Schneide eines Messers in diese schwarze Masse. Schon senkte sich eine bläuliche Dämmerung in großen Würfeln herab, wie ein gewaltiger Aufzug, der zwischen den hohen Wänden des Schachts in seine Lagerstätte herunterschwebt. Die Luft roch nach Petroleum und Seife, und aus dem aufgerissenen Maul des Magazins strömten Schichten verschiedenster Düfte, als Vorboten von Orangen und Zitronen, duftenden Seifen und Gewürzen. Dann kamen mit kläglichen Blechtönen irgendwelche viereckigen Konserven angerumpelt, die in der Finsternis in ihrem gefahrlosen Messingglanz erstrahlten, wie Messer eines Tafelbestecks, in blaues Packpapier gewickelte Kerzenbündel klapperten wie trockene Knochen, Äpfel fielen mit dumpfem Ton, um gleich darauf unter den Füßen zermalmt zu werden, wie zerkaut. Aus braunen Papiersäcken floß knirschender Zucker zwischen die Füße und vermischte sich mit dem zertretenen Schneematsch. Die

Leute bahnten sich nur mit Mühe einen Weg aus der Menge, verschiedene Bündel wie Kinder unter den Armen tragend. Mehl schwebte wie Puder in der Luft, setzte sich auf Augenbrauen fest und verlieh diesen Menschen einen feierlichen Ausdruck, einen fast komischen, festtäglichen. Eine Frau zerriß mit den Zähnen eine Seidenrolle, die sie unter ihrem Mantel hervorgeholt hatte. Im Licht des Streichholzes, das für einen Augenblick ihr Gesicht erhellte, erblickte ich ihre im Widerschein der Seide rosigen Zähne. Ich sah, wie sich ein Ballen Zitz mit Blümchen hartnäckig um Füße und Köpfe der Menge wand, wie Bänder aus Kreppapier in einer Neujahrsnacht. Dieser bunte Zitz begann gefährlich einzuschnüren; die Frauen kreischten auf. Doch da dies die innere Bewegung der Menge nur noch mehr aufrührte, drohten die Menschen zu ersticken, wehrten sich, zerrissen rasend diesen Zitz, jedoch er quoll von irgendwoher unaufhörlich wie ein Strom hervor. Als im Magazin nur noch die nackten Wände und die Dunkelheit übriggeblieben waren, begann die Menge schnell auseinanderzugehen und trug die Beute unter den Mänteln fort.

Ich stand abseits, wie ein Gerechter, von der Rache verschont. Da bemerkte mich eine gutherzige Frau und steckte mir im Vorbeigehen eine Konserve zu, auf die ein buntes Stück Papier geklebt war, auf dem mit großen roten Buchstaben SPAGHETTI ALLA MILANESE stand. Ich drückte noch lange diese Dose an mich, ohne zu wissen, was ich mit ihr machen sollte, ohne den Mut zu haben, sie entweder wegzuwerfen oder mit nach Hause zu nehmen. Tief erschrocken sah ich Herrn Anton zu, dem Finanzbeamten, der auf einer Tonne stand und Konfetti in die Luft warf.

EINE GESCHICHTE
ZUM ROTWERDEN

Nacht auf offener See in der Nähe von Korallenriffen. Ich überprüfe die Pistole unter meinem Kissen. Jawohl, alles ist in bester Ordnung. Falls es dazu kommen sollte, daß die Matrosen meutern oder die Männer von Joe Mammut an Bord erscheinen. Man sollte nur das Bullauge der Kabine etwas mehr öffnen: es ist eine schwüle Tropennacht. Man hört das Kreischen der Möwen. Aber ich muß gründlich ausschlafen. Morgen erwartet mich ein anstrengender Tag.

He, Sam, wie hast du deine Aufgaben gemacht?

Ich weiß nicht. Wohl ganz gut.

Was kann man denn da von sich geben? Das ist doch ein Blödsinn. Worüber hast du geschrieben?

Darüber, daß meine Mutter nach Baksa geht, ich warte am Fluß auf sie, und mein Magen knurrt wie ein hungriger Wolf. Dann kommt sie. Das ist alles. Ich habe das

Lächeln des Brotes in ihrem Korb beschrieben.

Mußt du immer phantasieren, Sam? Was ist das für ein Lächeln des Brotes? Was soll das bedeuten?

Nur so. Vielleicht ist es der Duft des Brotes. Und worüber hast du geschrieben?

Darüber, wie man Brot bäckt. Wie meine Mutter auf den Dachboden steigt, um Mehl zu holen, du weißt schon, die Brotlaibe in den Ofen schiebt, um sie später herauszuholen. Ganz einfach. Wir haben alle dasselbe geschrieben. Du bist der einzige, der immer angeben muß.

Du, Gal, ich muß jetzt dringend pinkeln, bin aber zu faul, mich zu bewegen. Und hier im Schatten ist es so schön, daß ich nicht imstande bin, zum WC zu gehen.

Schon wieder dasselbe! Ich werde mir buchstäblich die Hosen vollpinkeln, und du tust mal wieder fein. WC! Das heißt Klo oder Lokus oder: wohin auch der Kaiser zu Fuß geht.

Gleich wird es klingeln, und wir werden in die Hosen pinkeln. So ist es. Zumindest bei mir steht es so.

Dreh dich doch zur Seite und pinkle hier. Ich werde dich abschirmen.

Daran habe ich auch schon gedacht. Aber es

könnte ein Mädchen vorbeikommen. Und ich habe den Eindruck, ich könnte gar nicht.

Du mußt natürlich schon wieder angeben. Ist mir aber egal. Da, nimm meine Hand, versuch endlich aufzustehen. Ich helfe dir nicht, weil ich dein einziger Freund in der ganzen Schule bin, sondern weil ich auch pinkeln muß. Und wenn es klingelt, dann ist es aus mit uns . . .

Sam, du schiffst ja wie ein Pferd. Mir scheint, du pinkelst schon eine ganze Stunde lang.

Hat es schon geklingelt?

Noch nicht, aber höchstwahrscheinlich ist das ein Irrtum. Oder Frau Rigó ist durch ein wichtiges Geschäft verhindert. Oder es hat schon längst geklingelt, nur wir haben es nicht gehört.

Wo sind die anderen? Siehst du die anderen? Hörst du irgendeine Stimme?

Ich weiß nicht genau. Ich habe den Eindruck, sie sind schon hineingegangen. Mein Gott, Sam, kannst du denn gar nicht aufhören? Stopp den Brunnen. Dreh ganz einfach den Hahn zu. Wenn ich pinkle und jemand kommt, tue ich einfach so, als würde ich etwas im Gebüsch oder hinter dem Baum suchen, und wenn er vorbeigegangen ist, mache ich den Hahn wieder auf und mache es fertig. Ist dir das etwa noch nie passiert? Du pinkelst, und ein Mädchen kommt vorbei. Oder Frau Rigó. Oder sonstwer.

Gal, komm, geh du. Ich kann nicht so in die Stunde. Ich muß meine Blase leer machen, anders geht das nicht.

Kannst du nicht doch ein bißchen voranmachen, Sam?

Geh du. Da, ich habe den Eindruck, der Wasserfall wird dünner. Aber es scheint mir doch, daß ich noch pinkeln muß. Na also, jetzt ist mir besser.

Plötzlich dringt es ganz entsetzlich in mein Bewußtsein: ICH TRÄUME DAS ALLES NUR, ICH TRÄUME DAS NUR, und die warme Flüssigkeit fließt über meine Schenkel. Herrgott, was wird meine Mutter nur dazu sagen. Und erst Anna! Sie wird mich einen ganzen Monat lang damit aufziehen, und vielleicht erzählt sie es sogar jemand weiter. Ich muß nachsehen, wie naß ich geworden bin. Vielleicht ist es nicht bis zum Bettuch durchgedrungen. In diesem Fall ist die Sache gerettet. Ich ziehe die Hosen einfach über die nassen Unterhosen an, und die trocknen dann in der Schule. Ich stütze mich auf die Ellbogen und befühle das Laken. Furchtbar! Ich liege in einer großen Pfütze, die sich immer mehr ausbreitet. Wie oft habe ich mir schon gesagt, daß das nie wieder geschehen darf. Und es ist mir immer gelungen, im letzten Augenblick aufzuwachen. Fast immer. Aber jetzt hat es mich doch erwischt. Tatsächlich, ich muß mich schämen. Und wieso mir das nicht aufgefallen ist. Einfach lächerlich. Eine ganze Stunde lang im Schulhof zu pinkeln. Ein zweijähriges Kind hätte begreifen können, daß das ein Traum war. Das ist ganz bestimmt nur wegen dieses verfluchten bitteren Tees passiert, den wir gestern den ganzen Tag getrunken haben.

Ich beuge mich zur Mutter hinab und flüstere ihr ins Ohr, damit Anna nichts hört: »Mama, ich hab' ins Bett gemacht.«

Sie wacht langsam auf, ohne meine Worte sofort begreifen zu können.

»Ich habe geträumt, daß ich im Schulklo bin, und hab' ins Bett gemacht.«

Sie fühlt, noch im Halbschlaf, mit der Hand nach dem Laken unter mir, dann beginnt sie zu lächeln, weil sie die Pfütze ertastet hat. Sie nimmt den Wecker vom Nachtkasten und hält ihn ans Ohr, um zu prüfen, ob er nicht stehengeblieben ist.

»Du mußt dich umziehen«, flüstert sie mir verschwörerisch zu. »Es ist Zeit, daß du dich für die Schule fertigmachst.«

Dann steht sie ganz langsam auf, um Anna nicht aufzuwecken, öffnet den Schrank und gibt mir Wäsche zum Wechseln. Ein schmutziger Herbstmorgen, feucht und mürrisch, kommt langsam in unser Zimmer. Der Gedanke an das Aufstehenmüssen, den Regen und die Schule wirkt auf mich niederschmetternd. Dieses plötzliche Erwachen aus dem Traum, diese Schande, mit der mich mein Traum verhöhnt und durch die er sich an mir gerächt hat, bringen mich noch mehr um. Ich gehe mit meiner Mutter in die Küche, und sie gießt mir etwas Wasser aus dem Krug über meine Hände, damit reibe ich mir Augen und Nase. Jetzt geht es mir schon etwas besser. Ich habe nun glücklich diesen lauwarmen, schmutzigen Fluß überquert, der zwischen Traum und Leben verläuft. In meinem Körper strömt eine tierische Wärme, und ich sehe mich schon barfuß zur Schule laufen, triefend naß und frierend eintreten, mich neben den Ofen setzen, stumm und wichtigtuerisch wegen des Mitleids, das meine nackten Füße und meine nassen Lumpen erwecken werden. Und später, wenn ich trocken geworden bin und auf meinem Platz sitze (meine Füße kann man nicht mehr sehen, und die Röte meiner Hände ist verschwunden, als hätte ich mir weiße

Handschuhe angezogen), werde ich wieder den Heiligenschein des Klassenprimus aufsetzen, und ich werde mit dieser Krone dasitzen, ich werde mich weise verhalten, wie eine Eule, während Frau Rigó die beste Schulaufgabe vorliest (meine), sie tut es mit einer gehobenen und etwas singenden Stimme, und dann wird Stille in das Klassenzimmer einkehren, bis Frau Rigó nach der Erregung wieder zu sich kommt und mitteilt, sie werde diesen Aufsatz zum Abdruck an den *Guten Hirten* schicken, wegen seines belehrenden und inspirativen Charakters.

SERENADE FÜR ANNA

Ich hörte ein Geräusch unter dem Fenster und dachte, sie seien gekommen, um meinen Vater umzubringen.

Dann aber belehrte mich eine Geige eines Besseren und befreite mich von meiner Angst. Derjenige, der da unter dem Fenster aufspielte, war kein Virtuose, aber augenscheinlich in meine Schwester Anna verliebt. Die Geige hatte eine fast menschliche Stimme. Jemand, bis über beide Ohren in die Sterne und in meine Schwester verliebt, sang da verschämt, bemüht, seiner Stimme möglichst viel Männlichkeit und Tiefe zu verleihen. Dennoch glich dieser Gesang einem Flüstern:

Weshalb schuf der Herrgott die Liebe . . .
Weshalb sind die Nächte . . .

Dann fand Anna endlich Streichhölzer, und ich sah sie in diesem Licht für einen kurzen Augenblick, wie sie in Weiß hinter dem Vorhang stand, und als sie zurückkam und sich wieder hinlegte, hörte ich, wie meine Mutter gerührt, fast im Ton eines Sprichworts sagte: »Anna, merke dir das ein für allemal. Wenn für jemand ein Ständchen gebracht wird, dann muß man Streichhölzer anzünden. Das ist ein Zeichen von Aufmerksamkeit.«

Beruhigt durch die Stimme meiner Mutter, sank ich wieder in den Schlaf, wie in einen duftenden Wald, in eine grüne Wiese.

Am Morgen fanden wir im Fenster einen kleinen Zweig mit Apfelblüten, der einer silbernen Krone ähnlich sah, sowie zwei, drei erblühte rote Rosen. Und noch bevor uns (am nächsten Tag in der Schule) die Lehrerin fragte: »Welcher Esel ist heute nacht in meinem Garten herumgetrampelt«, hatte ich schon am Morgen, sozusagen am Duft, die Blumen aus Frau Rigós Garten erkannt, denn ich hatte ihr die Rosen gebunden, den Flieder zurechtgeschnitten.

Ich wollte ihr aber nicht sagen, daß dieser Esel – der Stimme nach zu urteilen –, dieser rosenfressende Esel, Herr Fuchs junior war, der Schuhmacher, heimlich in meine Schwester Anna verliebt.

Anna, sag doch, habe ich das alles erfunden?

(Die Blumen und die Düfte.)

DIE WIESE
IM HERBST

Die Zirkusartisten sind wieder weg, die »Athleten« und die Bärenführer, der Herbst neigt sich seinem Ende zu. Hier, auf dem Kleinen Feld oder im Ofenwinkel des Grafen, wie man es nennt, sind nur noch die Spuren ihres Aufenthaltes zurückgeblieben, zerstampfter Boden und zertrampeltes Gras. Mitten auf der Wiese befindet sich eine Grube, fast ein Meter tief und zwischen den plattgetretenen Maulwurfshügeln klar erkennbar. Da war noch vor kurzer Zeit der Zeltmast eingebohrt, unten breit und grob bearbeitet, der Spitze zu aber dünn und schlank; auf ihm wehte eine Fahne. Um die Grube herum zerfurchte Erde, ganz nackt, man erkennt aus der Tiefe gehobenen Lehm. Das ist nicht jene Grube vom letzten oder vorletzten Jahr, wie man denken könnte. Denn die Zirkusse kommen und gehen, die kleinen Provinzzirkusse, die aus Zigeunern und Zauberkünstlern bestehen, aus Seiltänzern und »Athleten«, jedes Jahr im Herbst kommen sie wie das letzte Sommerfest, wie ein komischer heidnischer Feiertag. Aber es ist nie dieselbe Truppe und nie dasselbe Zelt, also auch nicht derselbe Mast. Jene Grube vom vorigen Jahr, jene, in die der Zeltmast damals gerammt war, kann man jetzt überhaupt nicht mehr erkennen, und man könnte auch nicht mehr feststellen, wo sie gewesen ist, weil diese Grube zugewachsen ist wie eine Wunde, nur noch gründlicher – nicht einmal eine Narbe ist zurückgeblieben; sie ist mit Erde, Gras, Unkraut bedeckt. Und auch das wird bald verschwinden, vom Regen überschwemmt und mit Erde bedeckt, dann wird sie einige Zeit vom Schnee versteckt sein, und wenn dann im Frühjahr die lauwarmen Regen und Schauer kommen, wird sie längst mit frischer Erde bedeckt sein, und Gras wird darauf wachsen, als habe sie nie existiert. Und es wird keine Spur mehr von diesem Herbstfest bleiben, das hier unter dem rosaroten Zelt geblüht hat.

Kein bunter Jahrmarkt mehr, keine Seiltänzer, kein Kichern der Affen und kein Trompeten der trägen Elefanten. Der Zirkus ist abgezogen, so plötzlich, wie er angekommen war. Eines Morgens, ganz früh, noch vor Sonnenaufgang, zogen muskulöse junge Männer in Seemannshemden, die hier tagelang ihre atemberaubenden Kunststücke vorgeführt hatten, die Pflöcke aus dem Boden, nahmen die Drähte und Taue ab, rissen das rosarote Zelt und den stolzen Mast mit der Fahne nieder. Dann packten sie alles flink und geschickt in ihre Holzhäuschen, die großen Archen ähnlich waren. Und dann zogen sie los, leise, als müßten sie es heimlich tun, die Räder der Häuschen knirschten traurig, und durch die Fenster mit wehenden Vorhängen konnte man sehen, wie sich die zauberhaften Nixen um das Mittagessen bemühten, während aus dem Rauchfang blauer Rauch aufstieg, kaum sichtbar im morgendlichen Blau des Himmels. Die Tiere brüllten in ihren Käfigen, nur der Elefant trottete hinter dem Zug her, majestätisch und faul, er fächerte sich mit seinen riesigen Ohren Luft zu.

Jetzt, zwei, drei Tage nach dem Abzug des Zirkus, trägt das Feld noch die frischen Spuren von all dem, was hier geschehen ist. Auf diesem breiten Raum, der breiter ist, als es der vom Zelt bedeckte Kreis war (an der zerstampften Erde sind die Grenzen klar erkennbar), sind auf der Erde noch die hellen Kronenkorken von Bierflaschen verstreut, wie Blumen mit gezacktem Rand, aufgeweichte

Zigarettenstummel, abgenagte Äpfel, schon von Rostpilzen befallene Fruchtkerne, zertretene Eistüten, Spuren von Pferden und Menschen, getrockneter Kot der Zirkustiere, Brotrinden, Blätter alter Zeitungen, auf denen die Zuschauer gesessen haben, aus Schülerheften herausgerissene Seiten mit Zeichnungen, Zigaretten- und Streichholzschachteln, zerplatzte Papiertüten, auf denen Ameisen herumspazieren. Am Platz, wo das alte zottige Zirkuspferd, das »Pony«, gestanden hat, ist die Erde von Hufen zertreten, das Gras ist entwurzelt, nur noch vereinzelt ist da ein zerstampfter und zertretener, schon ganz dunkel gewordener Strohhalm zu sehen. Etwas weiter weg sieht man die Spuren des Affenzeltes: ein viereckiges Plateau, aus dessen Ecken noch grob gezimmerte Eichenpfähle ragen, deren obere Enden mit Beilen von der Rinde befreit worden waren. Obwohl erst einige Tage seit dem Abzug des Zirkus vergangen sind, richten sich an manchen Stellen die Gräser schon wieder auf, wie stählerne grüne Sprungfedern, nachträglich, wundersam, als sei eben erst ein Menschenfuß oder Pferdehuf von ihnen herabgestiegen.

Außerhalb des zerstampften Feldes ist das Gras dicht, duftend, vermischt mit verspäteten Feldblumen, dunkelblauen und gelben, mit geplatzten Glockenblumen und allerlei Unkraut, das siegreich wuchert und mit seinen Tastkörperchen, deren Spitzen schon vom Rost befallen, doch nicht weniger kräftig sind, die zarten Stiele der Blumen und das bläulichgrüne Gras würgt. Dies ist der letzte Schwung des Grases, die letzte Kraft der Wurzeln. Der Wegerich reckt seine mit Trauben geschmückten Stengel, die schon schwärzlich geworden sind, die Blätter des Unkrauts sind an den Rändern dunkler geworden und rollen sich zusammen, verwandeln sich an ihren Enden in Krallen, die ineinander eindringen. Hier wird ein für die Augen unsichtbarer Kampf geführt, hier wuchert es üppig, es ragen die siegreichen Säbel des Unkrauts und seine Fühler hervor, und die Blumen, betroffen von diesem unersättlichen Ansturm gefräßiger Gräser, blühen mit letzter Kraft auf und duften beinahe übertrieben. Getragen von diesen Düften, die schwer sind und miteinander vermischt, diesen Farben, die so verwirrend ineinandergreifen, summen Bienen und Insekten kopflos und trunken über dieses duftende Schlachtfeld, stoßen mit Schmeißfliegen und Wespen zusammen, mit Hornissen und Schmetterlingen. Ein paar Heuschrecken, aufgequollen und schwer, auch selbst von der Farbe eines welken Blattes, fliegen rauschend über die Wiese, dann fallen sie in das dichte Gewirr von Pflanzen, so schwer und träge wie eine wilde, reife Frucht.

So sieht die Wiese aus, die wüste Herbstwiese nach dem Jahrmarkt . . .

Plötzlich taucht von Westen her mein Vater mitten im Gras auf, er fuchtelt mit seinem Stock in der Luft herum und bleibt am Rande des zerstampften Feldes stehen, dort, wo das Affenzelt aufgestellt war. Er bückt sich, um mit seinem strengen Kennerblick die mörderische Wirkung des Herbstes auf die Blumen zu prüfen. Sein Blick bleibt an einem Stück zerknüllten Papiers hängen, das aus dieser Vegetation hervorsticht und sich durch seine Totenblässe von der üppigen Lebhaftigkeit des herbstlichen Grüns abhebt. Zuerst berührt er es mit der Spitze seines Stockes, so wie ein Vogel mit seinem Schnabel eine unbekannte Frucht berührt, dann beugt er sich hinab und breitet es aus und fängt an, kurzsichtig, wie er ist, ohne es von der Erde aufzuheben, die Sütterlinschrift zu buchstabieren. Es ist eine herausgerissene Seite aus einem alten deutschen Kochbuch, dessen sich zweifelsohne die Zirkusartisten und »Athleten« bedient haben, um die gummihafte Elastizität ihrer Körper und die stählerne Kraft ihrer Muskeln zu bewahren: *Sauerampfersauce.* Mein Vater schüttelt den Kopf mit einem Ausdruck von Wut und Verachtung, denn er ist offensichtlich mit diesem deutschen Kochbuch, dessen Sinnlosigkeit gerade in diesen ersten Kriegstagen besonders tragisch zu merken ist, ganz und gar nicht einverstanden. Und mein Vater hat selbst ein erprobtes Rezept für Sauerampfer, der ohne Fett, nur mit Wasser und Salz zubereitet wird, selbstverständlich unter Zugabe der verschiedensten aromatischen Kräuter und Gewürze, die zwar jedem zugänglich sind, deren Namen er jedoch geheimhält. Deshalb also runzelt er die Stirn und liest mit einem ironischen Lächeln auf den Lippen weiter. Danach, fortgerissen vom Text, der ihn nur noch mehr von den Vorteilen seiner Art der Zubereitung überzeugt, dreht er die Seite um, ohne auf die schon hart gewordene Kruste menschlichen Kots zu achten, die die Sütterlinbuchstaben diagonal bedeckt. »Heda!« ruft mein Vater. »Da habt ihr euren Rahm, meine Herren! Da habt ihr eure Sütterlinsauce!« Und mit dieser kleinen Rache zufrieden, richtet er sich auf, dann spießt er mit der präzisen Bewegung eines Fechters die Seite mit der Spitze seines Stockes auf, um sie noch einige Zeit als Erinnerungsstütze bei sich zu haben. Dann schreitet er wieder durch das hohe Gras, hat sein Herbarium (*Herbarium Pannoniensis*) unter den Arm geklemmt, in dem sich, wie wertvolle Briefmarken, gepreßte Blumen und Exemplare von Wiesenkräutern befinden: Tausendschönchen, Hartheu, Salbei, Safran, *Gypsophila peniculata* . . .

DIE VERLOBTEN

Es war zu jener Zeit, als sein Vater noch nicht soff (eigentlich zwischen zweien seiner Großen Besäufnisse, wie es später seine Mutter nennen würde) und als er, Andreas Sam, noch nicht bei den Bauern diente. Es war also im zweiten oder dritten Kriegsjahr; der Junge war nicht älter als acht oder neun Jahre. Er saß auf dem Wagen, trunken vom Duft des eben gemähten Heus, und sah zu, wie die Sonne hinter dem Horizont verschwand, rot.

»Guten Tag, Herr Sam«, sagte der Bauer und lüftete seinen fettigen Hut. Das war also zu der Zeit, als Herr Sam, das heißt sein Vater, noch nicht soff.

Sein Vater lüftete seinerseits den Hut mit der harten Krempe.

»Guten Abend. Sie sehen, die Sonne geht schon unter.«

»Morgen wird es windig werden«, sagte der Bauer. »Wenn es im Westen nach Sonnenuntergang rot ist, bedeutet das, daß es windig wird.«

»Ja, mein Herr«, sagte mein Vater und ging weiter dem Wagen nach, der träge dahinrollte. Der Junge wußte nicht, ob sein Vater ihn bemerkt hatte. Es war ihm leicht schwindlig von dem getrockneten Klee, und er fühlte sich sehr schwach. Plötzlich erzitterte er und zog sich im Heu zusammen. Sein Vater und Herr Hermann redeten über ihn. Er hörte, wie sein Vater sagte: »Stellen Sie sich vor, er ist ein echter Spitzbube geworden.« Er wußte, daß das auf ihn gemünzt war. Deshalb sagte er auch kein einziges Wort, verzog sich nur noch tiefer ins Heu auf dem Wagen, fast ohnmächtig von der vom wilden Klee und der Kamille stammenden Betäubung.

»Tja, mein Herr«, sagte der Bauer, »er wird sicher schon bald Mädchenschürzen nachlaufen.«

»Was sagen Sie?« fragte sein Vater. »Bald? Ich bitte Sie, vor einigen Tagen hat er so etwas getan, daß ich mich schämen muß, es überhaupt zu sagen.«

Der Junge begriff auf einmal, daß der Vater *es* schon wußte. Doch am meisten von allem schmerzte ihn, daß seine Mutter ihn verraten hatte. Und sie hatte doch versprochen, dem Vater nichts zu sagen. Wenn die Sache sich nicht wiederholen würde.

»Ich sage Ihnen, mein Herr . . .« meinte der Bauer, aber der Junge hatte sich mit beiden Händen die Ohren zugehalten, um nicht mehr hören zu müssen, was sich die beiden Erwachsenen erzählten. Ihm war schwindelig von der getrockneten Kamille und vor – Scham.

Und nun, wie es also wirklich gewesen war. Diese verfluchte Sache, wegen der er jetzt rot werden mußte. (Bleiben wir bei der dritten Person. Nach so vielen Jahren ist Andreas vielleicht gar nicht ich.)

Sie spielten im Hof von Herrn Szabó, Julias Vater, Verstecken. Es war am Sonnabend nach der Schule. Während Farkas zählte, versteckten sie sich paarweise: Otto und Marika, Emmi (Julias Schwester) und Oskar, Julia und Andi. Er war schon lange Feuer und Flamme für Julia. Sie gingen in dieselbe Klasse und waren die besten Schüler. Er bei den Buben, sie bei den Mädchen. Sie hatte eine schönere Handschrift als er, und sie antwortete auch schneller, aber er zeichnete besser und schrieb die besseren Aufsätze.

Andi ging oft zu ihnen, denn seine Mutter strickte Pullover aus Angorawolle für Frau Szabó und ihre Töchter. Er kam oft bei ihnen vorbei, besonders im Winter, um etwas zum Essen auszuleihen. Er blieb dann an der Tür stehen und sagte: »Gelobtseijesuschristus« und fügte schnell hinzu: »Meine Mama bittet Frau Szabó, wenn Sie es haben und es Ihnen nicht allzuschwer fällt, uns ein Kilo Brot zu leihen. Es kann auch altes sein. Meine Mutter bedankt sich schön im voraus und sagt, sie will im nächsten Sommer alles abarbeiten, was wir Ihnen schuldig sind.« Dann nahm er das in ein Leinentuch eingewickelte Brot, bedankte sich (noch einmal) und ging im Laufschritt weg, um seiner Mutter eine Freude zu bereiten. Aber er hielt sich nie länger im Hause von Herrn Szabó auf.

»Ich werde dir einen Brief schreiben«, sagte er flüsternd.

Sie lagen in der Scheune, im Stroh. Aus dem Hof drang die heisere Stimme von Farkas zu ihnen: *fünf'n'fünfzig, sechs'n'fünfzig, sieben'n'fünfzig, acht'n'fünfzig* . . .

»Ich weiß, was du mir schreiben wirst«, sagte sie.

»Das weißt du nicht«, sagte er.

»Ich weiß es.«

Sie mußten schweigen. Sie hörten, wie das Scheunentor knarrte.

»Da ist jemand im Stroh«, sagte Farkas.

Sie wußten, daß er sie nicht sehen konnte. Dann herrschte Stille. Sie wußten, daß Farkas noch da war und daß er lauschte. Dann hörten sie seine Schritte auf dem Kies vor der Scheune. Das Tor hatte er nicht zugemacht.

»Du weißt es nicht«, wiederholte er.

»Ich weiß es«, sagte sie.

»Ich gebe ihn dir morgen in der Schule. Ich lege ihn dir ins Religionsbuch. Seite dreizehn.«

»Warum dreizehn?«

»Nur so«, sagte er.

»Gut«, sagte sie. »Aber ich weiß, was in dem Brief stehen wird.«

»Schwöre, daß du es niemand sagst.«

»Gut«, sagte sie. »Aber ich weiß, was in dem Brief stehen wird.«

»Du weißt es nicht«, sagte er. »Wenn du den Brief gelesen hast, verbrenne ihn und blase die Asche auseinander.«

»Warum?« fragte sie.

»Nur so. Damit keiner lesen kann, was ich geschrieben habe.«

»Man hat sie alle schon gefunden«, sagte sie.

»Du gehst zuerst«, sagte er. »Und sag, daß du im Stall warst.«

Sie rutschte auf dem Stroh nach unten und lief los. Erst als er ihr helles Lachen am anderen Ende des Hofes hörte, rutschte er selber hinunter.

Beim nächsten Auszählen traf es ihn. Aber

danach, als hätten sich die beiden verabredet, trafen sie sich wieder am selben Ort.

»Ich weiß, was in dem Brief stehen wird«, wiederholte sie. Sie hatte Zöpfe, die dieselbe Farbe hatten wie das Stroh, eine Stupsnase mit Sommersprossen und einen großen Mund. Sie duftete nach getrocknetem wilden Klee.

»Willst du es jetzt?« fragte er. Er konnte es kaum aussprechen. »Willst du es jetzt?«

»Ich habe Angst«, sagte sie.

»Ich auch«, sagte er.

»Schwöre, daß du's niemand sagst.«

»Ich schwöre«, sagte er.

»Ich habe Angst«, wiederholte sie.

Sie lagen dicht beieinander. Sie schloß die Augen. Er küßte sie. Sie hatte Grübchen auf den Wangen und Sommersprossen auf dem Stupsnäschen. Sie duftete nach wildem Klee.

»Ich habe Angst«, sagte sie.

»Ich auch«, sagte er.

Einmal waren sie lange im Stroh geblieben, und Farkas hatte sie ertappt.

»Andi und Julia sind Mann und Frau«, sagte er.

»Das ist nicht wahr«, sagte Andi.

»Sie sind Mann und Frau«, wiederholte Farkas. »Sie stecken ständig zusammen.«

»Wir haben nichts miteinander«, kreischte Julia auf.

»Warum bist du dann so rot geworden?« fragte Farkas. »Warum wird sie rot, wenn sie nichts miteinander haben?«

Julia fing an zu weinen und verriet dadurch alles. Nachher mußte alles schiefgehen. Andi war stärker als Farkas und gab ihm deshalb eine Ohrfeige. Und Farkas lief weg und beklagte sich bei Anna, Andis Schwester.

Deshalb beschloß Andi, zum Abendessen nicht nach Hause zu gehen. Und auch morgen nicht zum Frühstück. Nie mehr wollte er nach Hause gehen. Im Sommer würde er im Fluß Fische fangen, im Winter aber von Dorf zu Dorf gehen und den Bauern helfen. Und wenn er endlich genug Geld beisammen hätte, würde er sich ein Boot kaufen und zu seinem Großvater fahren, nach Cetinje. Oder sonstwohin. Er würde entweder Gangster oder Detektiv werden. Das war egal.

Bis zur Dunkelheit versteckte er sich am Flußufer, dann wurde es kalt, und er begann zu zittern. Vor Kälte und vor Angst. Jetzt suchten ihn seine Mutter und Anna bestimmt schon überall im Dorf. Vielleicht würde seine Mutter vor Trauer sterben, wenn er vor Einbruch der Dunkelheit nicht zurück nach

Hause kommen würde. Deshalb beschloß er, seine Reise zu verschieben und näher an das Dorf heranzugehen. Er hörte Annas Stimme, die nach ihm rief. Er meldete sich.

»Komm nach Hause«, sagte Anna. Aber sie traute sich nicht, näher an das Schilf heranzukommen, in dem er sich versteckt hatte, weil sie genau wußte, daß er einen Stein in der Hand hielt. »Komm heraus, ich werde Mama nichts sagen.«

»Was nicht sagen?« fragte er.

»Ich werde ihr nicht sagen, daß du Julias Verlobter bist.«

»Sag Mama, daß ich nie wieder nach Hause kommen werde«, sagte er und fühlte, wie sich vor Trauer sein Herz zusammenkrampfte.

»Mama wird weinen«, sagte sie.

»Hast du es ihr gesagt?« fragte er.

»Nein«, sagte Anna. »Ehrenwort.«

»Wenn du ihr nichts sagst, gehe ich nicht nach San Francisco. Und auch nicht nach Montenegro.«

»Ich sage ihr nichts«, wiederholte Anna.

Dann kam auch seine Mutter an und begann nach ihm zu rufen. Andreas wischte sich die Augen, seufzte tief und kroch aus seinem Versteck hervor. Dann flüsterte er Anna zu: »Einverstanden, nur sag ihr nichts davon.«

Aber seine Mutter bemerkte immer, wenn er geweint hatte.

»Warum hat mein Kleiner geweint?« fragte seine Mutter.

»Ich habe nicht geweint«, sagte er, aber er konnte ein Seufzen nicht unterdrücken, es entriß sich ihm, wie ein Heulen.

Dann begann er wieder zu weinen. Es war ihm eingefallen, wie sich seine Mutter gefühlt hätte, wenn er in die weite Welt geflohen wäre.

Anna wollte ihm helfen: »Er wollte wieder nach San Francisco. Oder nach Montenegro, zum Großvater.«

Jetzt mußte er schon zugeben, daß er geweint hatte. Und auch sagen, weshalb er geheult hatte. Selbstverständlich hätte er um nichts auf der Welt eingestanden, daß er Julias Verlobter geworden war und mit ihr im Stroh geschlafen hatte. Er sagte also nur das, was er unbedingt sagen mußte: Er hatte sich mit Julia im Stall versteckt, und Farkas frotzelte ihn deswegen. Und er hatte ihn geohrfeigt. Das war alles. Mehr hätte er nicht eingestanden, selbst wenn man ihn auf ein Rad gespannt oder ihm Streichhölzer unter den Fingernägeln angezündet hätte.

Und er war überzeugt davon, daß ihm seine Mutter glaubte und Anna ihr nichts erzählt hatte. Daß er Julias Verlobter geworden war und alles übrige.

Und jetzt hatte er soeben begriffen, daß seine Mutter alles wußte, daß sie es sogar seinem Vater gesagt hatte, denn warum sonst hätte sein Vater gesagt, daß er (Andi) vor einigen Tagen etwas getan hatte, was man vor lauter Scham gar nicht aussprechen könne?

Und deshalb hielt er sich jetzt mit beiden Händen die Ohren zu und schloß die Augen, und deshalb schien es ihm, er müsse vor Scham und Trauer sterben. Er war fast ohnmächtig geworden, betäubt vom Duft der wilden, erst vor kurzem trocken gewordenen Kamille.

Als er die Augen öffnete, sah er, wie sein Vater, so groß, mit dem Stock in der Hand, mit seinem schwarzen Hut, hinter dem Wagen zurückblieb und sich vor dem purpurroten Horizont abzeichnete.

DAS SONNENBESCHIENENE SCHLOSS

Apfelsine ist verlorengegangen, die schönste Kuh im Dorf. Und er muß sie um jeden Preis finden, selbst wenn er die ganze Nacht lang suchen muß. Herr Molnár würde ihm das nie verzeihen. Apfelsine ist die beste Kuh von Herrn Molnár. Deshalb wird er den ganzen Wald durchsuchen müssen und, wenn nötig, auch noch die weitere Umgebung. Er wird Virág sagen, er soll mit seinen eigenen auch die Kühe von Herrn Molnár heimtreiben und ihm berichten: »Apfelsine hat sich verirrt. Als sei sie vom Erdboden verschluckt worden.« Und er soll berichten: »Andi bittet Herrn Molnár, nicht böse auf ihn zu sein. Er wird alles tun, um Apfelsine zu finden, weil er ja weiß, daß Apfelsine trächtig ist und die beste Kuh im ganzen Dorf. Tja, aber nun ist es so, als sei sie vom Erdboden verschluckt worden.« Und er soll außerdem berichten: »Andi läßt sagen, wenn er Apfelsine bis morgen früh nicht findet – dann soll man nicht mehr auf ihn warten. Er wird in die weite Welt ziehen, nie mehr wird er in das Dorf zurückkommen. Herr Molnár soll nicht böse sein.« Und Frau Sam, seiner Mutter, soll er sagen, daß sie nicht weinen soll. »Andi ist in die große weite Welt gezogen, weil er Apfelsine verloren hat.« Nur soll er das recht vorsichtig sagen, seine Mama könnte sonst sterben, an Ort und Stelle. Deshalb soll er lieber nur sagen: »Andi hat Apfelsine verloren. Er wird nicht zurückkommen, bis er sie gefunden hat.« Das wird er Virág auftragen. Er hat ihm, Virág, auch immer geholfen, wenn eine seiner Kühe verlorengegangen war.

Aber was soll er selbst Herrn Molnár sagen, wenn er Apfelsine gefunden hat und sie erst spät, mitten in der Nacht, nach Hause bringt, so wie unlängst? Er wird sagen, daß Apfelsine hier in der Nähe mit den übrigen Kühen geweidet hat und dann im Nu verschwunden ist, als sei sie vom Erdboden verschluckt worden.

»Hütest du die Kühe überhaupt?« wird Herr Molnár fragen. »Sag mal, hütest du die Kühe überhaupt? Was machst du eigentlich im Wald, he?«

»Nichts, Herr Molnár«, wird er ihm dann sagen. »Ich weiß, daß Apfelsine trächtig ist, und lasse es nie zu, daß sie sich von den übrigen Kühen absondert. Tja, aber jetzt war sie wie vom Erdboden verschluckt.« Das wird er ihm sagen, wenn er sie gefunden hat.

In diesem Augenblick schien es dem Jungen, als höre er irgendwo im Dickicht ein Knacken von Ästen, und er blieb schwer atmend stehen.

»Apfelsine! Apfelsine!«

Er lauschte und hielt den Atem an.

Irgendwo in der Ferne hörte er ein Hirtenhorn. Er begriff, daß es im Wald allmählich dunkel wurde, bald würde er nicht einmal mehr den Pfad erkennen können.

»Dingo«, fragte der Junge, »wo ist Apfelsine? Sag, wo ist Apfelsine?«

Der Hund stand vor ihm und blickte ihn stumm an.

Während er mit dem Hund redete, blickte er ihm fest in die Augen, und der Hund verstand alles. Den Kopf schief haltend, wedelte er mit dem Schwanz und winselte.

»Wenn wir Apfelsine nicht bald finden, werden wir nicht mehr zu Herrn Molnár zurückkehren«, setzte der Junge sein Gespräch mit dem Hund fort, der jaulend vorauslief.

Sie gingen einen engen, fast zugewachsenen Pfad in Richtung Kaiser-Eiche entlang.

»Und du kommst mit«, sagte der Junge.

»Herr Berki wird nicht sehr böse sein, wenn ich dich mitnehme. Er weiß, daß du bei mir bist und daß es dir an nichts fehlen wird. Stell dir aber vor, was geschehen würde, wenn du mich verlassen würdest?« sagte der Junge zum Hund. »So, du kehrst eines Tages zurück und bellst vor dem Haus. Alle würden sagen: ›Anscheinend wird der Andi nie mehr zurückkehren.‹ Selbstverständlich würden sie das nicht laut vor meiner Mutter und Anna sagen. Das würden sich aber alle denken, wenn du eines Tages ohne mich in das Dorf zurückkämest.«

Der Hund blieb stehen und schnüffelte.

»Lieber Gott«, sagte der Junge, »hilf mir doch bitte, Apfelsine zu finden.«

Dingo winselte, und der Junge begriff, daß es nur eine frische Hasenspur oder eine Fuchshöhle sein konnte. Er konnte den Hund kaum noch sehen, der winselnd durch das Dickicht schlich.

»Deshalb ziehen wir beide, du und ich, gemeinsam in die große weite Welt. Denn stell dir vor, was geschehen würde, wenn du allein zurückkommen würdest, und meine Mutter und Anna und Herr Berki und alle anderen stehen vor dir und fragen dich vorwurfsvoll: ›Dingo, wo ist Andi?‹ Meine Mutter würde dir sofort ansehen, daß ich tot bin, und sie würde umfallen, und Anna würde sich die Haare ausreißen. Und Herr Berki, mein Verwandter, würde anfangen sie zu trösten und sagen: ›Um Himmels willen, Frau Sam, seien Sie doch nicht verrückt. Was ist denn das für ein Beweis, ich bitte Sie, daß mit Andi etwas nicht in Ordnung ist? Dingo ist ganz einfach allein zurückgekommen, weil er Hunger hatte oder weil Andi ihn weggejagt hat.‹ Das würde Herr Berki wohl sagen, und er wäre nicht böse, weil auch er sicher wäre, daß ich tot bin oder daß mich Straßenräuber gefangenhalten oder mich die Wölfe aufgefressen haben oder mich die Waldfee eingesperrt hat. Aber er würde gewiß so tun, als sei ihm nichts von alldem in den Sinn gekommen, denn meine Mutter und Anna würden ihm leid tun . . . Aber was würde er dann eigentlich von dir denken, he? Dort vor allen anderen würde er bestimmt nichts sagen, aber wenn ihr später allein wärt, würde er dir seine Verachtung zeigen, vielleicht würde er dich sogar auf die Schnauze hauen, weil du mich verlassen hast. Ich weiß, daß du so etwas nie tun würdest, ich sage das nur so. Erinnerst du dich noch an das Buch *Mensch, Pferd, Hund*, das ich im vorigen Herbst gelesen habe? Gewiß kannst du dich erinnern, ich habe es gelesen, während wir die Kühe an der

Römerstraße hüteten. Und nachher habe ich es euch allen erzählt, Virág und Lacika Tót und Béla Hermann, allen. Nun gut, du erinnerst dich, wie treu sie einander waren, denk nur daran. Der ganze Wilde Westen konnte ihnen nichts anhaben . . . Und wenn uns die Wölfe angreifen würden? Du könntest mit mindestens zweien fertig werden. Und ich? Was meinst du, wie viele Wölfe können Andi und Dingo erlegen, wenn sie zusammen im Wald bleiben? Und wenn uns die Straßenräuber erwischen? Du wirst mich vom Strick losmachen können, während sie schlafen. Dann wird das übrige schon gehen. Sie werden schlafen, und ich werde eine Pistole an mich bringen. Nein, zwei Pistolen. In jede Hand eine. Du glaubst, ich kann nicht mit Pistolen umgehen? Das bezweifelst du hoffentlich nicht! Und später werden wir sie zur Polizei bringen. Man wird sich sehr wundern und uns viele Fragen stellen. Nachher werden sie auch meine Mutter und Frau Rigó, meine Lehrerin, holen lassen. Meine Mutter wird sehr erschrocken sein, denn wenn man sie zur Polizei ruft, dann bedeutet das entweder, daß man mich tot aufgefunden hat, oder aber, daß ich eine große Untat begangen habe. Man wird ihr jedoch gratulieren und ihr sagen, daß ich die gefährlichste und blutrünstigste Bande von Straßenräubern gefangen habe, für die schon längst ein Steckbrief ausgeschrieben war und die man jahrelang ohne jeden Erfolg gesucht hatte. Und dann wird man ihr die Belohnung auszahlen. Eine gewaltige Summe. Drei Tage und drei Nächte reichen nicht zum Zählen. Aber so eine hohe Summe wird Kindern eben nicht in die Hand gegeben, auch nicht, wenn sie die gefährlichste Bande von Straßenräubern allein entwaffnet haben. Frau Rigó ist da, um das Geld zu zählen und damit man ihr erklärt, daß sie gesetzlich verpflichtet ist, mein Fehlen im Unterricht zu entschuldigen. Und am nächsten Tag in der Schule wird sie sagen: ›Andi, steh auf!‹ Und dann werden Laci und Virág glauben, sie wird mir sagen, ich soll aus dem Garten eine Rute holen, mit der sie mich verprügeln wird. Statt dessen aber wird sie sagen: ›Kinder, Andreas Sam, ein Schüler unserer Schule, hat die gefährlichste Bande von Straßenräubern gefangen.‹ Selbstverständlich wird sie auch sagen, daß ihm sein Hund, genannt Dingo, dabei geholfen hat. Und Julia Szabó wird vor Aufregung weinen, denn ihr wird einfallen, was mir alles hätte passieren können.«

Er sprach sehr laut. Außer dem Hund war

niemand da, der ihn hätte hören können. Im Wald war es inzwischen ganz dunkel geworden, nur hoch über den Zweigen der Bäume war ein tiefblauer Himmel zu sehen. Er ging durch das Dickicht dem Hund nach und schützte sein Gesicht mit den Händen. Barfuß trat er bald auf Moos, bald auf welkes Laub, oder er stapfte über trockenes Holz, das unter seinen Füßen knackte. Er sprach so laut, weil der Wald plötzlich mit tausend Schwingungen zu rauschen begann, und dem Jungen schien, es sei alles für immer verloren. Von nirgendwo mehr hörte er die Stimmen der Hirten, und auch das ferne Muhen der Kühe war längst verstummt. Jetzt hat Virág gewiß schon die Kühe von Herrn Molnár nach Hause getrieben und berichtet ihm, was ihm einfach so einfällt. Gewiß hat er das Schlimmste erzählt, hat ihn verraten. So wie er ihn auch im vorigen Jahr verraten hatte, als er, Andi, auf der Semmel geritten war, und Herr Molnár hatte das erfahren und gedroht, ihn zu entlassen. Also, der Virág wird gewiß alles brühwarm erzählt haben: wie sie im Grafenwald die Kühe gehütet und ein Feuer angezündet haben und wie er, Andi, allen den *Kapitän der Silberglocke* erzählt hat. Erst später, als sie die Kühe näher herantreiben wollten, weil der Tag schon zur

Neige ging und die Hirten aus Baksa und Csesztreg ihr Vieh schon nach Hause trieben, bemerkte Andi, daß Apfelsine nicht mehr dabei war. Bestimmt würde jetzt Herr Molnár fragen, vor wie langer Zeit, so ungefähr, Andi zum letztenmal nachgesehen habe, wo die Kühe seien. Und er, dieser verwirrte Virág, dieser Zigeuner, würde sagen, daß er und Béla Hermann sich abgesprochen hätten, daß an diesem Tag Béla seine und Andis Kühe, das heißt die von Herrn Molnár, hüten werde, Andi aber den *Kapitän der Silberglocke* zu Ende lesen werde, um es ihnen allen später erzählen zu können. So würde Virág berichten. Als Béla Hermann gesagt habe, daß Apfelsine nicht mehr da sei, habe er nur den Hund losgeschickt, sie zu suchen, und die Geschichte ruhig weitergelesen, dort, wo er aufgehört habe: als die Mulattin die Schiffskajüte betrat und Alexander Hijawata sagte, sie werde sich aus Eifersucht vergiften. Auf der Handfläche hatte sie eine kleine weiße Pille, und aus ihren Augen strahlte das blendende Licht der Karibik . . .

»Ja, aber was würden wir denn tun«, sagte der Junge laut zum Hund, dessen Winseln er fast blind folgte, »was würden wir tun, wenn uns die Waldfee verzaubern würde? Siehst du, deshalb ist es gut, daß du bei mir bist. Soweit ich mich auskenne, haben weder Waldfeen noch Hexen die Macht, Hunde zu verzaubern. Deshalb könntest du, sobald wir das Schloß erblicken, etwas hinter mir zurückbleiben, um zu sehen, was geschehen wird. Wundere dich nicht, vielleicht werden wir schon in einigen Minuten so ein Schloß sehen. Du darfst nur nicht erschrecken. Wenn es ein schönes, altertümliches Schloß ist, so wie das Grafenschloß dort hinter der Kaiser-Eiche, und wenn es beleuchtet ist, dann ist es das Schloß der Waldfee. Glaubst du, ich werde weglaufen? Um keinen Preis. Vielleicht hat sie Apfelsine nur deshalb weggelockt, damit ich nach ihr suche und ihr ins Netz gehe. Wenn ich sie erblicke, werde ich so tun, als wüßte ich nicht, daß sie die Waldfee ist. Ich werde nur schön höflich grüßen und fragen, ob das Fräulein nicht geruhe, eine trächtige orangefarbige Kuh gesehen zu haben. Sie wird nur lächeln, das mußt du wissen, lächeln, um mich zu verführen, und einfach in Richtung des Schlosses gehen, als schäme sie sich. Und weißt du, woran wir sie am sichersten erkennen werden? Sie wird ganz in Weiß sein, wie in Seide, nur etwas feiner und durchsichtiger. Denn Feen ziehen sich immer nur weiß an. Und ich werde dann so tun, als hätte ich nichts bemerkt, ich werde mich schön bedanken und weitergehen, falls ich kann. Wenn ich dann aufwache, war es nur ein Traum. Aber wenn ich nicht aufwache und auch nicht weitergehen kann, dann bedeutet das, daß ich verzaubert bin. Dann bleibe ich eine Zeitlang bei ihr, und du wirst nicht böse sein. Du wirst zurückkehren und versuchen, meiner Mutter und Herrn Berki zu erklären, daß ich nicht tot bin - sondern daß mich die Waldfee verzaubert hat. Damit sie sich nicht sorgen. Ich werde ein Jahr dort bleiben, vielleicht auch zwei. Und weißt du, Dingo, wie gefährlich das ist? So etwas muß man mit dem Leben bezahlen. Von dort ist noch niemand geflohen. Oder vielleicht deshalb, weil es so schön ist, daß einem jede andere Erinnerung aus dem Bewußtsein gestrichen wird, oder aber, weil es eine Strafe ist. Aber ich werde fliehen. Ich bin geschickt. Ich weiß noch nicht, wie, aber ich werde fliehen. Wegen Mama. Sie wird wissen, daß ich nicht tot bin, und auf mich warten. Nur du, Dingo, du darfst nicht erschrecken, wenn du das Schloß erblickst, hell strahlend im Licht.«

Dann wurde es plötzlich etwas heller. Vor ihnen schien der ganze Wald zu brennen. Der

Junge und der Hund blieben einen Augenblick stehen.

»Wir haben deine Apfelsine gefunden«, sagte Virág. »Die Hirten aus Baksa haben sie hergebracht. Sie haben sie erkannt.«

Mitten auf der Lichtung, im Schein des Sonnenuntergangs, stand Apfelsine, rot wie eine Sauerkirsche.

»Es ist die schönste Kuh im Dorf«, sagte der Junge. »Deshalb haben sie sie erkannt.«

Plötzlich tat es ihm leid, daß man die Kuh gefunden hatte. Es fiel ihm ein, daß Virág Herrn Molnár trotzdem alles erzählen könnte. Und in jenem Schloß wäre er vielleicht drei Jahre lang geblieben.

DIE WIESE

Er ging das Ufer des Flusses entlang, Richtung Baksa. In der Luft war der Geruch des Ozons, vermischt mit dem Geruch von schon überreifem Holunder, zu spüren. Die frischen Maulwurfshaufen waren rot geworden wie Krusten. Dann brach plötzlich die Sonne durch. Im Gras brannte der Hahnenfuß. Kamille duftete, das Feld wurde schwer von der Fülle der Düfte. Er sah zu, wie sein Hund in Schlüsselblumen biß, wobei von seiner Schnauze grüner Speichel triefte. Er selbst legte sich auf den Bauch ins Gras, neben einen Maulwurfshaufen, der wie ein Fladen dampfte. Er knabberte an einem noch feuchten Sauerampferstengel.

Er war barfuß und hatte eine kurze dunkelblaue Leinenhose an. Zwischen seinen Fingern verkrusteten kleine Wunden, die von der Krätze zurückgeblieben waren.

(Damals dachte ich noch gar nicht daran, daß ich je Geschichten schreiben würde, aber ich dachte: »Herrgott, wie ohnmächtig bin ich angesichts all dieser Blumen!«)

In seiner Tasche zerknüllte er zwei Millionen in blauen Kriegsbanknoten, mit denen er Schwefelstäbchen zahlen sollte.

Vor dem Haus des Arztes zerrte ein großer Bernhardiner an der Kette. Er war wütend, weil er so satt war. (Ich wußte, daß ich würde lügen müssen, denn zwei Millionen waren eigentlich gar nichts wert.)

»Was ist los, mein Junge?« fragte der Arzt.

Er hatte einen weißen Kittel an, der nach Mentholbonbons roch.

Der Junge zeigte die Hand und spreizte die Finger.

»Krätze«, sagte der Junge.

(Das alles kann nicht ewig dauern, dachte ich im stillen. Der Arzt mag sich mit mir vielleicht eine halbe Stunde lang beschäftigen, dazu dann der Weg zurück, und diese ganze Unannehmlichkeit ist in spätestens einer Stunde zu Ende. In einer Stunde, vielleicht schon in einer halben Stunde, werde ich das Ufer der Kerka entlang heimgehen können, und der Doktor, das Sichverstellen, Lüge und Scham – alles wird schon Vergangenheit sein. Alles werde ich hinter mir haben, wie der Bernhardiner den Schwanz. All das wird Vergangenheit sein. Bis zu diesem Zeitpunkt hatte ich nie einen Unterschied zwischen diesen beiden Zeitformen gemacht. Damals aber, an diesem Tag beim Arzt, habe ich gelernt: Wenn dich etwas quält, mußt du an das denken, was später kommt. Das ist wie die Wiese auf dem Heimweg.)

Der Arzt schrieb ihm wie üblich ein Rezept, dann überlegte er sich es anders und zerriß es, dafür gab er ihm zwei Schwefelstäbchen, in Zellophan verpackt. Dann schluckte der Junge und kehrte von der Wiese zurück, über die er in Gedanken schon gegangen war.

»Was bin ich schuldig, Herr Doktor?«

»Wieviel Geld hast du?« fragte der Arzt.

»Zwei Millionen, Herr Doktor«, sagte der Junge.

(Und er ging schon über die Wiese und schlug mit seinem Stock die Köpfe der Glockenblumen ab. Die Villa des Arztes und sein Hund, all das befand sich schon hinter ihm. Auch wenn er es gewollt hätte, diese Zeit hätte er nicht mehr fassen können - nur im Kreis hätte er sich drehen können, wie ein Hund, der seinen Schwanz mit den Zähnen fassen will.)

»Und was kann man für zwei Millionen kaufen, junger Mann?

»Das weiß ich nicht, Herr Doktor.«

(Er wußte es aber. Ein Ei. Im besten Fall.)

»Nichts«, sagte der Arzt.

(Und er war schon ganz nahe an seinem Haus. Er war eigentlich schon auf dem Steg und sah für einen Augenblick das Wasser fließen wie die Zeit.)

Er ging also am Ufer entlang auf das Dorf zu. Er ging als Sieger. In einer Tasche zerknüllte er die zwei Millionen in blauen Kriegsbanknoten, in der anderen die beiden in Zellophan gewickelten Schwefelstäbchen.

Und er sah schon: Anna, seine Schwester, und seine Mutter vor der Tür. Anna blutet zwischen den Fingern.

Er wird die Schwefelstäbchen auf den Tisch werfen und sagen: »Salbe daraus machen. Am Abend vor dem Schlafengehen einschmieren.«

Für einen Augenblick wird er es vergessen (absichtlich), dann wird es ihm einfallen. Er wird die Banknoten auf den Tisch werfen: »Das wollte er nicht nehmen«, wird er sagen. »Das ist nichts wert. Auch er weiß, daß das nichts wert ist.«

Aber vorher: da wird er auf dem Steg stehen und zuschauen, wie das Wasser fließt.

Er stellte sich seine Mutter vor, wie sie in einem Blechnapf den Schwefel rührt. Wie

Eigelb. Richtig Lust kriegst du, das aufzuessen.

Er kehrte das Ufer entlang in das Dorf zurück. Sieger über die Zeit, noch immer ohnmächtig angesichts der Blumen und der Wiese.

WÄHREND ER GELAUST WIRD

»Andi, bleib nach der Stunde noch hier«, sagte Frau Rigó, seine Lehrerin. Sie sagte nicht: Andreas Sam. Sondern nur Andi ... Das bedeutete, daß er wieder ihren Hühnerstall würde säubern müssen – er hatte ihn schon zwei, drei Monate nicht mehr saubergemacht.

Während beim Hinausgehen der anderen die Bänke klapperten, blieb er wie beschämt sitzen und dachte, daß ihn Frau Rigó nach beendeter Arbeit einladen würde, etwas bei ihr zu essen. Vorher würde er sich selbstverständlich gut waschen müssen. Mit einem Hölzchen den Schmutz unter den Fingernägeln herauskratzen und den Mund ausspülen.

Aber er kann nicht umhin, auch an das zu denken, was davor kommt, vor dem Waschen. Getrockneter Hühnerkot haftet an seiner Zunge und dringt in die Lunge ein. Der Staub verklebt die Nasenlöcher. Er kniet auf dem

Boden, fegt und reibt. Wenn er den Atem nicht mehr anhalten kann, hebt er zwei Ziegel vom Dach und streckt seinen Kopf hinaus. Sein Strubbelkopf auf dem dünnen Hals, der über den Hühnerstall hinausragt, ähnelt einem Pilz. Seine Spucke ist dicht und dunkel wie frischer Hühnerkot.

Danach rückt er die Ziegel, die er hochgehoben hat, wieder an ihren Platz und kriecht rückwärts aus dem Stall hinaus. Wenn er unter den Füßen die Sprossen der Leiter spürt, nimmt er mit beiden Händen die alte, schartige Waschschüssel, von der das Email fast ganz abgesprungen ist und die voll ist von verhärtetem, aschgrauem Hühnerkot. Den struppigen, kurzen Besen lehnt er an die Wand des Klosetts am Ende des Hofes, den Mist schüttet er im Rosengarten aus.

Es ist Herbst, die Rosen zerblättern schon. Die abgefallenen Blütenblätter werden im welken Laub weiß. Eine grellrote Rose flammt wie die untergehende Sonne auf. Ihr Duft dringt für einen Augenblick in seine Nasenlöcher, und der Junge berührt sie mit der Nase. Die Rose zerfällt sofort. Die Luft duftet nach getrocknetem, scharfem Paprika.

Jetzt wäscht er sich im Holztrog neben dem

Schuppen. Am Anfang ist das Wasser klar, und weiße Wolken scheinen sich darin zu befinden. Wenn er sich weiter vorbeugt – sieht er sein Gesicht. Unten ist der Trog mit dunkelgrünem Samt bewachsen.

Er taucht seinen Kopf in den Trog.

Hühnerläuse schwimmen im Wasser.

Im Mund spürt er noch immer den Geschmack von schlecht gerupften Hühnerschenkeln.

Dann klopft er (das bildet er sich nicht ein; er klopft wirklich) an der Glastür. Attila, der Sohn von Frau Rigó, der in seinem Alter ist, macht auf. Der Junge schreitet barfuß über den Teppich – der Teppich ist wie der Boden des Trogs, samten. Das Abendessen wird in der Küche gereicht. Der Tisch ist mit einem karierten Wachstuch bedeckt, das nach angebrannter Milch riecht. Auf dem Teller Grieben, schon ein bißchen trocken. In einer weißen Porzellanschale – Äpfel, rotbackig. Und eine Orange.

Er ist hungrig, aber er kann nicht essen, weil sie ihn beobachten. Er walzt einen fetten Bissen im Mund hin und her. Er wechselt die Stellung seiner Beine unter dem Tisch. Er sieht es zwar nicht, aber er weiß es – auf dem Beton bleiben die nassen Spuren seiner Füße.

Morgen, wenn er wieder hungrig ist, wird er es bereuen.

Er macht die Augen fest zu – die Orange ähnelt einer Rose.

Er steht auf und bedankt sich überschwenglich.

Frau Rigó steckt die Grieben, die er nicht aufessen konnte, in eine Tüte. Sie gibt ihm auch noch einen Apfel, den er verwirrt unter sein Hemd steckt.

Er macht die Augen zu – die Orange ähnelt der untergehenden Sonne.

Und zu Hause, etwas später: er liegt auf dem Bauch im Bett, nackt, nur sein Kopf lugt unter dem Federbett hervor. Seine Mutter und Anna, seine Schwester – lausen sein Haar. Und die Nähte seines Hemdes. Und während seine Mutter sein Haar durchsucht, mit den Fingernägeln knackt, übermannt ihn der Schlaf, der so plötzlich kommt wie eine Ohnmacht. Und er möchte, wer weiß, weshalb, weinen. Aber er hat nicht die Kraft dazu. Er spürt nur den Geruch seines Hauses und seines Kissens, und in sein Bewußtsein dringt jene rote Rose, die im Rosengarten auseinandergefallen ist. Diese Rose blitzt in seinem Bewußtsein für einen Augenblick mit einer solchen Gewalt auf, daß er, die Augen wie bei starkem Licht fest zudrückend, ihren Duft spüren kann – den Duft von scharfem Paprika.

Und das ist das letzte, was er noch klar unterscheiden kann. Diesen plötzlichen Duft und dieses Leuchten. Diesen roten Blitz.

Die Lider senken sich, plötzlich schaukelt er im Schlaf, wie in einer Ohnmacht.

Noch hört er aus weiter Ferne, aus dem Rosengarten, die Stimme seiner Schwester Anna: »Sieh da, wo sie sich versteckt hat, die Verfluchte! Unter der Achselhöhle. Die hat gedacht, ich werde sie hier nicht finden!«

DIE GESCHICHTE
VON DEN PILZEN

»DAS IST DOCH GANZ EINFACH, hier hat noch keiner nach ihnen gesucht«, sagte der Junge.

»Herrgott!« sagte Frau Sam begeistert und schüttete die Tannenzapfen ins Gras.

Sie waren direkt aus dem Grafenwald gekommen und standen auf der Lichtung. Die Sonne überflutete das welke Laub und die Tannennadeln mit rotem Licht. Es roch nach faulem Heu und nach Harz.

»Hier hat ganz einfach keiner nach ihnen gesucht«, wiederholte der Junge.

Aber niemand bewegte sich von der Stelle. Sie standen da und blickten einander wie bestürzt an. Überall um sie herum, am Rande der Lichtung, wuchsen große Pilze, die von oben so leuchtend braun waren wie Brotlaibe.

»Als wir vorhin hier vorbeigegangen sind, waren sie aber nicht da«, sagte Anna.

»Allerdings«, sagte Frau Sam belehrend, »Röhrenpilze können in wenigen Stunden wachsen. Besonders nach Regen.«

»Als wir bei der Kaiser-Eiche waren«, sagte der Junge, »hat es geregnet.«

»Ja«, sagte Frau Sam, »im Westen hat es auch geblitzt. Der Platzregen ist wohl hier vorbeigezogen.«

»Ich habe den Eindruck, daß die Erde noch feucht ist«, sagte Anna und zerfurchte mit dem Fuß die Schicht faulen Laubes.

Aber keiner von ihnen bewegte sich vom Fleck, um die Pilze auch zu sammeln. Sie standen nur da und betrachteten sie. Es schien ihnen, als würden sie sie vor ihren Augen wachsen sehen. Als könnten sie beobachten, wie sie sich irgendwo aus der Tiefe hervorbohrten, wie seltsame Würmer, dann, wie sich die Schicht faulen Laubes leicht hob. Und dann tauchte unter der Erde die braune, glatte Kappe auf, wie Teig, wenn er Farbe annimmt und aufgeht.

Erst pflückten sie sie vorsichtig, gruben mit den Fingern die Schicht faulen Laubes weg, die die Wurzeln verdeckte. Dann, auf einmal, weil ihnen plötzlich einfiel, es könnte jemand kommen, fingen sie an die Pilze auszureißen, abzubrechen und in den Sack zu stecken, aus dem sie die Tannenzapfen geschüttet hatten. Während des ganzen Herbstes waren sie immer wieder durch den Wald gekreuzt, um Tannenzapfen als Heizmaterial für den Winter zu sammeln, und nur ab und zu hatten sie einen Pilz gefunden.

»Na also«, sagte der Junge, »Herr Molnár steht morgens um drei Uhr auf und geht irgendwohin, weit weg, mir scheint, bis nach Keszthely. Pilze wachsen gewöhnlich nur im tiefen Wald.«

»Erzähl aber niemand etwas davon«, sagte Anna mit vorwurfsvoller Stimme. »Du mußt nicht gleich alles ausplaudern.«

»So ist es«, sagte Frau Sam. »Wir haben sie hinter der Kaiser-Eiche gefunden. Das werden wir sagen.«

»Herr Molnár sagt ja auch, jeder hat seine eigene Stelle, wo er Röhrenpilze sammelt«, sagte der Junge. »Und die verrät er niemand.«

»Ich habe nur Angst, daß sie jemand findet«, sagte Anna. »Das hier ist doch gleich am Weg. Es genügt, wenn sich eine Kuh hierher verirrt.«

»Ich werde Frau Szabó fragen müssen, wie man sie trocknet«, bemerkte Frau Sam. »Um einen Vorrat für den Winter anzulegen.«

»Man braucht sie nur in Stücke zu schneiden, so, der Länge nach«, sagte der Junge. »Dann werden sie auf einem weißen Laken getrocknet. Frau Molnár trocknet sie auf dem Dach.«

»Auf dem Dach?« fragte Anna mißtrauisch.

»Ja, auf dem Dach des Hühnerstalls«, sagte der Junge. »Zuerst breitet sie das Laken aus, dann legt sie die in Stücke geschnittenen Pilze darauf. Wenn die Sonne untergeht, sammelt sie sie wieder ein. Das ist alles.«

Die allerkleinsten sammelten sie nicht. Sie ließen sie stehen, damit sie noch wachsen konnten.

»Also, wir sagen niemand ein Wort«, wiederholte Frau Sam. »Wir haben sie hinter der Kaiser-Eiche gefunden, falls jemand danach fragt.«

»Was mich angeht«, sagte Anna, »ich werde bestimmt nichts ausplaudern.«

»Es gibt Leute, die brauchen die Pilze nur zu sehen, und sie wissen sofort, wo sie gesammelt worden sind«, sagte der Junge. »Es genügt ihnen einfach, sie anzuschauen, und schon wissen sie alles.«

»Er sagt das deshalb«, sagte Anna, »weil er vor Herrn Molnár angeben wird und vor diesem Zigeuner Virág, mit dem er sich kürzlich angefreundet hat.«

»Ich weiß wirklich nicht, was er mit diesem Virág treibt«, sagte Frau Sam.

Sie nahmen eine Abkürzung über die feuchten Wiesen. Im Westen, hinter dem Dorf, schwebten rosarote Wolken. Sie betrachteten diese Wolken. Und sie gingen schweigend über das nasse Gras. Den Sack trug zuerst Frau Sam. Dann half ihr Anna. Andi ging voraus und zerwühlte Maulwurfshügel mit seinem Ahornstock.

»Guten Abend, Frau Sam«, sagte der alte Horvát. »Heute waren wir fleißig, was?«

»Guten Abend, Herr Horvát«, sagte Frau Sam und nahm den Sack auf die andere Schulter.

Der Greis stach mit der Spitze seines Stockes in einen Pilz, der ihm vor die Füße gerollt war. »Sieh da«, sagte er, »was haben Sie mit den giftigen Röhrenpilzen vor?«

»Wieso giftig, Herr Horvát?« fragte der Junge.

»Ich rate Ihnen, Frau Sam«, sagte der Bauer, »werfen Sie das alles möglichst schnell weg. Aber nicht auf meinen Acker, sondern in den Fluß hinter dem Dorf . . . Herrgott, wenn ich nicht rechtzeitig gekommen wäre, so wäre von dieser ganzen anständigen Familie nur der verrückte Vater übriggeblieben!«

Frau Sam setzte den Sack ab und wollte etwas sagen. Aber sie sagte nichts. Sie zerrte nur den Jungen am Arm, und dann begaben sich alle drei zum Fluß.

DIE KATZEN

IM FLIEDER HINTER DEM HAUS fand der Junge vier kleine, blinde Kätzchen. Obwohl er ihrem Miauen entnahm, daß sie jemand von ihrer Mutter getrennt haben mußte, die sie jetzt bestimmt irgendwo am anderen Ende des Dorfes, auf den Dächern weinend, suchte, hoffte er trotzdem, es werde sich ihrer eine andere Katze annehmen, eine ledige Katze oder eine kinderlose Katze oder sonst eine gutherzige Katze.

Man muß zugeben: der Junge war in den Garten gekommen, um Johannisbeeren zu stehlen. Er lag auf dem Rücken unter dem Busch und schob sachte die Blätter beiseite. Die roten Träubchen hingen wie Ohrringe über seinem Kopf. Von unten waren sie mit kleinen Tropfen von Schlamm bespritzt – gestern hatte es geregnet. Die Johannisbeeren befanden sich gleich neben der Fliederhecke.

Obwohl sie ihn nicht sehen konnten, schien es den Kätzchen, als nähere sich ihnen ein riesengroßer Kater. Sie wußten nicht, daß der

Junge Johannisbeeren stehlen wollte und nebenbei Vögeln auflauerte. Sie jaulten wie ganz kleine Kinder.

Der Junge lief schnell ins Haus und weichte in einer Blechschale Brot in Milch auf, dann steckte er der Reihe nach die Katzenschnäuzchen in die Blechschale. Sie quiekten nur hilflos und versuchten, ihre triefenden Augenlider aufzureißen.

Das war am Abend.

Früh am Morgen, noch bevor er die Kühe von Herrn Molnár auf die Weide trieb, also wirklich sehr früh, lief er hinter das Haus, um zu sehen, was aus den Kätzchen geworden war, ob sich ihrer im Laufe der Nacht nicht doch noch eine ledige Katze oder eine kinderlose Katze oder irgendeine andere gutherzige Katze angenommen hatte. Sie zitterten im Tau, gaben aber sonst kein anderes Lebenszeichen von sich. Die Blechschale stand unberührt neben ihnen. Nur die Brotstücke waren aufgedunsen, sie hatten die Milch aufgesogen.

»Es gibt keine Gerechtigkeit auf dieser Welt«, sagte der Junge zu sich. »Weder unter den Menschen noch unter den Katzen.«

Dann sah er neben sich einen großen Stein, hob ihn auf und ließ ihn plötzlich fallen. Ein Kätzchen jaulte wie ein Gummispielzeug auf, und sein Kopf blieb unter dem Stein liegen. Nur die Pfötchen streckten sich aus und verkrampften sich. Zwischen den Krallen erschien ein rosa Fächer. Als er den Stein hochhob, erblickte er den Katzenkopf, beschmutzt von Blut, und ein grellgrünes Auge unter dem geplatzten Lid. Der Junge kreischte und hob den Stein wieder auf.

Er brauchte eine ganze Stunde, um sie alle totzuschlagen.

(Als er ihn so rot und erschrocken und zitternd vor sich stehen sah, als sei ihm übel geworden, sagte Herr Molnár nichts zu ihm.)

Er begrub sie erst am Abend, gleich neben der Fliederhecke. Zusammen mit den Katzen begrub er auch den Stein. Er setzte keinerlei Zeichen.

DIE BIRNEN

Ein Bauer klettert auf den Baum und schüttelt die Birnen hinunter, die geräuschvoll ins Gras fallen. Die reiferen platzen, und heraus läuft das dunkle Innere von der Farbe reifer Feigen. Die Wespen stürzen sich auf sie, trunken vor Süße. Die Bäuerinnen, die säuerlich nach Schweiß riechen, brechen die Birnen mit braungebrannten Händen; sie suchen die weniger reifen, saftigeren.

Ein Junge, der den ganzen Vormittag Ähren gelesen und gebunden hat, hält sich die Birnen an die Nase, dann beißt er hinein oder wirft sie weit von sich, damit sich die Wespen nicht versammeln.

»Sieh da!« sagt Frau Molnár, die neue Herrschaft des Jungen, »der kleine Sam sucht die Birnen aus wie, Gott vergib mir, ein Hund, mit der Spürnase. Wir werden ihn zur Jagd mitnehmen müssen, mit den Hunden. Wir haben sowieso zuwenig Hunde . . .«

DIE PFERDE

Der Junge lag auf dem Rücken auf einer Holzkiste und starrte die Rauchwolken an, die an der Decke entlangzogen. Aus dem Rauch tauchten manchmal die schwarzen, fettigen Balken auf, die Ruß ausschwitzten, glänzend und dicht. Der Wind trieb zeitweilig Rauchschwaden aus dem blechernen Sparherd, die dann wie eine Mähne kurz um die hohe, dünne Ofenröhre wehten. Die mit Petroleum und Schmiere gefüllte Öllampe durchbrach knisternd diesen Rauchvorhang. Der feuchte Lehm roch nach Pferdeharn. (Hier waren vor einigen Jahren Pferde untergebracht gewesen.) Und obwohl der Raum umgegraben und der Boden aus frischem Lehm, gelb wie Wachs, gestampft war, stank es noch immer sehr. Die Feuchtigkeit kletterte die Lehmwände hoch und zerfraß sie wie Säure.

Draußen schneite es, und der Wind warf durch die Ritzen am Fenster und unter der Tür handvollweise nadelfeine Kristalle herein. Im Herd zischten feuchte Tannenzapfen, wie Spucke auf heißen Lippen.

»Wieso ihr hier nicht krepiert!« sagte der Soldat und rieb sich die vom Rauch fast blinden Augen.

»Wir sind es gewöhnt«, sagte der Junge. »Breiten Sie die Decke da unten aus, da ist es wärmer. Und auch Rauch gibt es weniger.«

Der Soldat, ein Schnauzbart des dritten Aufgebots, breitete seine Decke neben dem Jungen aus und begann, den nassen Sattel zu flicken. Der Junge lag neben ihm auf der harten Kiste, eingewickelt in den alten Mantel seines Vaters. Er zitterte und verfolgte mit geschlossenen Augen, nur mit dem scharfen Geruchssinn eines Hühnerhundes, in eine Art krankhaften Halbschlaf versunken, alles, was um ihn herum geschah. Den Geruch des säuerlichen Pferdeharns, den Geruch des nassen Lehms, ähnlich dem Geruch von frischem Teig, den faulen Geruch des Petroleums, die frische Strömung von Harz. Dann diesen Stallgeruch, den der Soldat mitgebracht hatte. (Es war einer der Pferdeknechte, die bei ihnen Quartier bezogen hatten.)

Plötzlich hörte er, wie jemand vor der Tür Schnee von seinen Schuhen klopfte. Das war der andere Pferdeknecht. Er streckte den

Kopf durch den Türspalt und sagte, als verkünde er das Ende des Osmanischen Reichs: »Sultan ist gestürzt!«

Der Junge richtete sich überrascht auf. Der Soldat stach die krumme Nadel in den Sattel und ging schnell hinaus. Der Junge ihm nach.

Die Flamme der Öllampe flatterte im Stall wie eine erschrockene Eule.

Sultan lag auf den dünnen Sägespänen auf seiner Flanke, regungslos. Seine Augen waren dunkelviolett, in ihnen blinkten keine Sterne. Nur auf seiner Stirn strahlte noch der silberne Halbmond.

»Sultan!« Der Soldat klopfte dem Hengst auf die Kruppe. »Nur nicht aufgeben, Sultan.«

Sultan aber lag nur steif da, wie ein gestürztes Denkmal.

Dann sagte der ältere Soldat: »Und morgen wird der Major uns anbrüllen. Los, beweis dann du ihm, daß es kein Heu gibt. Stiehl es – wird er sagen –, erfinde, erschaffe es. Aber wie willst du es erfinden, erschaffen, soll ihn der Teufel holen . . .! Stehlen, sagt er sonst, darf man nicht, aber die Pferde sollen ihr Heu kriegen. Und wenn wir selber alle krepieren, sagt er. Aber woher nehmen? Nun, versuch du ihn zu überzeugen!«

Dann trat er dem Pferd mit dem Stiefel in

die Rippen. Sultan schüttelte nur den Kopf, hilflos.

»Die geht ihm aber auch bald nach«, sagte der jüngere Soldat und trat Odaliske in die Kruppe. Die Stute schwankte eine Weile auf ihren dünnen Beinen, aber sie stürzte nicht um.

»Also los, versuch du ihn einmal zu überzeugen!« sagte der Schnauzbart traurig. »Erschaffe es«, sagte er, »erfinde es.«

»Man muß sie stützen«, sagte der jüngere Soldat. »So darf sie der Major nicht sehen.«

Dann brachten sie in aller Eile Seile und warfen sie über die Deckenbalken, die sich über der Stute befanden. Ein Seil zogen sie ihr hinter den Vorderfüßen um den Bauch fest, ein anderes unter der Kruppe. Dann machten sie die Seile fest. Der Junge hielt die Öllampe, die Flamme mit seinen klammen Fingern schützend.

Für das Denkmal von Sultan mußten sie ein paar Soldaten aus der Nachbarschaft holen. Wieder warfen sie Seile über die Balken, dann zogen sie sie unter Sultans Bauch und hinter seinen Vorderfüßen hindurch, so wie sie es vorher gemacht hatten. Die Soldaten begannen gemeinsam zu schreien: »Hu! – Hu! – Hu!«, und das Pferd richtete sich langsam auf, steif und grün wie Bronze.

Schon früh am Morgen lief der Junge in den Stall. (Es war früher schon einmal ein Stall gewesen, aber später diente er als Schuppen, in dem seine Tante die Sägespäne für ihren großen Ofen lagerte.) Im Stall war es kalt, der Nebel hatte sich unter die Dachbalken verzogen. Die Pferde schwebten über dem Boden, wie Denkmäler im Wintermorgen. Der Kopf von Odaliske pendelte steif über der Erde und zeichnete mit dem Maul immer den gleichen geraden Strich in die Sägespäne – hin- und hergeschaukelt vom Wind. Sultans Kopf steckte zwischen den hohen, leeren Sprossen der Heuraufe, wo über der Futterkrippe ein Büschel nassen Heus lag, und der verloschene Halbmond auf seiner Stirn schimmerte.

Der Major kam etwas später an, schnaubend, vor Wut und Kälte hochrot im Gesicht. Die Pferdeknechte standen vor ihm stramm, im Schnee bis zu den Knien, richtig aufgedunsen vor Schlaflosigkeit. Der Major drohte mit dem Standgericht. Der Schreiber setzte ein Protokoll auf, das ihm der zivile Veterinär diktierte. Dann ging der Major fluchend mit seinem Burschen wieder weg. Die Soldaten betraten den Stall, ohne ein Wort zu verlieren, und machten die Seile locker. Odaliske stürzte in die dünne Schicht aus Sägespänen. Dann stürzten sie auch Sultans Denkmal um, wie in einer Revolution.

»Krepier!« sagte der Schnauzbart. »Ich wußte es doch, daß du krepieren würdest.«

Der Bauch des Pferdes hallte wie Bronze wider.

Dann luden die Soldaten die Kadaver auf einen Schlitten und brachten sie zum Pferdefriedhof. Den Schlitten zog eine Mähre, der man ansehen konnte, daß auch sie bald dort landen würde. Hinter dem Schlitten stapfte ein Junge mit traurigem Herzen (der Andi genannt wurde) und ein Hund, der Dingo hieß.

DER MANN, DER AUS DER FERNE KAM

Drei Tage und drei Nächte lang zogen Soldaten an unserem Haus vorbei. Können Sie sich vorstellen, wie viele Soldaten das sein müssen, wenn sie drei Tage und drei Nächte lang ohne Pause an Ihrem Haus vorbeiziehen! Sie kamen zu Fuß und auf Wagen, auf Pferden und auf Lastautos. Drei Tage und drei Nächte lang. Ich aber stand die ganze Zeit hinter dem Flieder versteckt. Am dritten Tag kam dann nachmittags der letzte Soldat vorbei. Er war weit hinter allen anderen zurückgeblieben. Sein Kopf war verbunden, und auf der einen Schulter trug er einen Papagei. Erst als auch er vorbeigegangen war, kam ich aus dem Flieder heraus und ging auf die Straße. Sie hätten wirklich an nichts bemerken können, daß durch das Dorf drei Tage lang Soldaten gezogen waren. Außer vielleicht an der Stille.

Es tat mir schon ein wenig leid, daß kein einziger Soldat mehr durch das Dorf zog.

Wenn drei Tage und drei Nächte lang Soldaten an Ihrem Haus vorbeiziehen, beginnen Sie sich an sie zu gewöhnen. Nachher scheint Ihnen alles so wüst und leer. Keiner reitet mehr auf Pferden, keiner mehr spielt Ziehharmonika.

Dann sah ich am Rande des Dorfes, wie aus einer Staubwolke ein Wagen erschien, und ich dachte, daß da wieder Militär im Anmarsch sein könnte. Aber es war nur ein einziger komischer kleiner Wagen. Davorgespannt waren zwei Maultiere (eigentlich Maulesel, wie wir später sehen werden). Der Staub hatte ihre Farbe so sehr verändert, daß sie eher wie zwei Mäuse aussahen als wie zwei Maulesel. Wie zwei Mäuse, die soeben aus einem Mehlsack gekrochen waren.

Da es im Dorf sonst niemand gab, der zu dieser Zeit auf der Straße gestanden hätte, um die Ankömmlinge anzugaffen, wandte sich der Mann an mich. Er sagte zu mir etwas in einer fremden Sprache, und ich verstand ihn nicht besonders gut. Ich wußte nur, wenn ein Mann und eine Frau aus der Ferne auf so einem kleinen Wagen kommen, dann brauchen sie ganz bestimmt Wasser. Deshalb sagte ich zu ihm: »Sie kommen bestimmt aus der Ferne.«

Ich wußte, daß man mich verstehen würde. Mein Vater hatte mir einmal erklärt, daß sich zwei Menschen, die verschiedene Sprachen sprechen, doch irgendwie verständigen können, wenn es nur Menschen guten Willens sind und wenn sie einen guten Verstand haben. Bei solchen Gelegenheiten heißt es nur sehr langsam und weise sprechen, und man soll, natürlich, auch keine allzu schweren Fragen stellen. Deshalb also fragte ich nur ganz langsam und möglichst einfach, ob sie aus der Ferne kämen. Dabei zeigte ich noch mit der Hand in eine unbestimmte Richtung, in die Richtung, aus der sie gekommen waren. Dadurch wollte ich die Bedeutung meiner Worte betonen.

»Junger Mann«, sagte der Mann, von dem Wagen herabsteigend, »es möge dir genügen zu wissen, daß wir aus weiter Ferne kommen und daß wir es eilig haben. Sage uns nur, wo wir unsere Maulesel tränken können.«

»Ich dachte, es seien Maultiere«, sagte ich. »Obwohl sie eigentlich fast wie Mäuse aussehen. Aber was das Wasser angeht, da können Sie in unseren Hof einkehren.«

Der Mann nahm dann einen Maulesel beim Ohr und brachte den Wagen in unseren Hof. Ich lief ins Haus und sagte meiner Mutter, daß bei uns ein Mann eingekehrt sei, der aus der Ferne gekommen sei und so spreche, daß man sich ganz gut mit ihm verständigen könne, obwohl es ein Fremder sei. Dann nahm ich den Eimer und holte Wasser vom Brunnen, der in der Ecke des Hofes war. Weil unsere Verwandten noch nicht aus dem Lager zurückgekehrt waren, verfügte ich selbst über Hof und Stall. Ich sagte also dem Mann, er könne jetzt seine Maulesel ausspannen.

Während er sich wusch (die Frau saß auch weiterhin auf dem Wagen), fragte ich ihn, ob er unterwegs nicht vielleicht irgendwo meinen Vater getroffen habe. Denn wenn man aus der Ferne komme, treffe man ja unterwegs bestimmt viele Menschen. Ich sagte ihm, mein Vater sei recht groß, gehe ein wenig vornübergebeugt, er trage einen schwarzen Hut mit harter Krempe, eine Brille mit Eisengestell und einen Stock, der eine Spitze habe. »Man hat ihn vor zwei oder drei Jahren von hier weggeführt«, sagte ich, »und seither haben wir keine Nachrichten von ihm.«

Der Mann sagte mir dann, er habe unterwegs tatsächlich viele Menschen getroffen, denn wenn man aus der Ferne komme, treffe man nun einmal so manche Leute. »Unter ihnen gab es«, sagte er, »auch solche mit schwarzem Hut und Stock, und einer von ihnen ist ohne Zweifel dein Vater gewesen.«

»Er ging«, sagte ich, »etwas komisch, denn er hatte Plattfüße.« Und dann fragte ich ihn, ob nicht einer von diesen Leuten, die er mit einem schwarzen Hut und einem Stock getroffen habe, etwas seltsam gegangen sei.

»Vielleicht«, sagte der Mann, »hatte einer von diesen Menschen wirklich Plattfüße. Wenn jemand viele Monate lang reist, dann trifft er bestimmt auch jemand, der einen seltsamen Gang hat.«

»Als er von zu Hause wegging«, sagte ich, »hatte er einen Gehrock an und dunkle Hosen mit weißen Streifen. Sein Haar scheitelte er genau in der Mitte, und er trug einen hohen Kragen aus Kautschuk. Haben Sie unterwegs nicht zufällig so einen Mann getroffen?«

»Oh!« lachte der Mann – und er war wahrscheinlich der Meinung, ich sei ein großer Lügner oder ein Witzbold. »Ich habe tatsächlich so einen Mann getroffen. Er trug einen schwarzen Hut mit harter Krempe, Brillengläser mit Eisengestell, einen Stock und alles übrige. Er hatte einen seltsamen Gang und trug einen schwarzen Gehrock und Hosen mit hellen Streifen. Er hatte auch einen hohen

Kragen aus Kautschuk. Das war«, sagte er, »vor genau vier Jahren in Bukarest. Und dieser Herr, junger Mann, war der japanische Minister für Schwerindustrie.«

AUS DEM SAMTALBUM

1.

... PLÖTZLICH SENKTE SICH DIE DUNKELHEIT über den Wald herab. Meine Mutter hatte ein seltsames Vorgefühl, eine unruhige Ahnung, und nahm uns an die Hand. Den Sack mit den Tannenzapfen schleppten wir abwechselnd; wir wollten diese reiche Ernte nicht loslassen, die traurige Ernte unseres Herbstes. Meine Mutter hatte sich nicht getäuscht. Sobald wir das Dorf erreichten, sahen wir Licht im Haus unserer Verwandten: hinter dem Fensterglas schimmerte undeutlich ein gespenstisches Irrlicht. Wir erzitterten. Wünschte meine Mutter seine Rückkehr? Hatte ihr gutes Herz ihm alles verziehen? Gewiß doch, ja. Denn als wir in den Hof traten, selbstverständlich nicht frei von abergläubischer Angst, und als wir an die Tür von Frau Rebekka klopften, zuckte meine Mutter zurück. Sie erwartete bestimmt, daß sie unseren Vater im Haus antreffen werde, daß seine ganze Verwandtschaft jetzt hier versammelt sein werde, endlich ausgesöhnt durch das gemeinsame Leiden und den Kreuzesweg des ganzen Stammes. Aber wir trafen im Hause nur Tante Rebekka an, und ihr Aussehen flößte uns kein Vertrauen ein. Im ersten Augenblick verschlug es uns vor Bestürzung die Sprache. Herrgott, wie hatte sie sich verändert! Von ihrer einstigen Haarfülle war keine Spur geblieben, ihr schwarzer Knoten war zusammengefallen, ihre Schläfenlocken wie von einer Flamme angesengt. Sie stand mit einem schwarzen siebenarmigen Leuchter in den Händen da, und wir sahen mit Verwunderung, daß nur in einem Arm eine weiße Stearinkerze brannte, während alle anderen leer waren. Dieser Leuchter mit der einzigen angezündeten Kerze war ohne Zweifel deshalb da, um mit seinen verloschenen Flammen, seiner Leere, auf das hinzuweisen, was uns Tante Rebekka nun auch selbst mitteilen würde (sie schüttelte ihren vertrockneten Kopf langsam, würdevoll, bedeutsam, erst nach links, dann nach rechts, dann erneut, noch langsamer): er ist nicht mehr! War das Erleichterung oder stumme Verzweiflung, die uns ergriff? Mein Vater – tot! Ich jedenfalls hegte seinem Tod gegenüber absoluten Zweifel. Ich war felsenfest überzeugt davon, daß

Tante Rebekka nicht die Wahrheit sagte, obwohl ihr Aussehen und ihre Kopfbewegungen einen Hauch von Tragik hatten. Egal, mir erschien das alles wie ein großer Betrug, wie der Wunsch von Tante Rebekka, meinen Vater auf die schmerzloseste Art und Weise abzuschreiben – mit diesem langsamen Kopfschütteln. Sie kam mit ihrem Gesicht ganz nah an uns heran (denn sie war kurzsichtig geworden), die Kerzenflamme ganz dicht an unsere Wangen haltend, dann wiederholte sie ihr verneinendes Kopfschütteln für jeden einzeln, jedesmal mit einem anderen Ausdruck voll Bedeutung, für meine Mutter mit einer Art aufrichtigen Beileids, für Anna mit einem pädagogischen Ausdruck – jetzt aber vorsichtig, meine kleine Nichte! – und für mich mit einer heimlichen Schadenfreude: dein Glaube an seine Unsterblichkeit wird alsbald vollkommen erschüttert werden, kleiner Wichtigtuer; die Zeit wird deinen Glauben entkräften! Bedeutsam mit den schlau lächelnden Augen zwinkernd, während ihr Gesicht und ihr Mund versteinert waren, hielt sie die Kerzenflamme lang neben meiner Backe, und in meine Pupillen starrend, schwenkte sie ihre große Nase hin und her. Lag in dieser ihrer Pantomime irgendeine besondere Bedeutung? Was verbarg sich in diesen großen schwarzen Augen und ihrem wahnsinnigen Leuchten sonst noch? Es will mir scheinen, dieser böswillige Ausdruck entsprang der Absicht, mir die Tatsache mitzuteilen, daß mein Vater nicht nur nicht als Held gestorben war, mit irgendeinem unsterblichen Satz auf den Lippen, an den man sich noch lange würde erinnern können, den man als Beispiel einer philosophischen Haltung und einer weisen Kaltblütigkeit im Angesicht des großen Todes anführen würde, sondern, ganz im Gegenteil, daß er vor seinen Henkern ... Oh, ich habe da überhaupt keinen Zweifel. Es ist ganz gewiß, daß er die Bedeutung des üblen Spiels geahnt hatte, in das auch er hineingezogen war, als man ihn nach links wies, zu den Frauen und Kindern, zu den Kranken und Arbeitsunfähigen (denn er selbst war gleichzeitig alles, ein Schwerkranker und ein hysterisches Weib, ein Weib, schwanger mit einer ewigen falschen Gravidität wie mit einem gewaltigen Tumor, und er war auch ein Kind, ein großes Kind seiner Zeit und seines Stammes, ebenso wie er auch arbeitsunfähig war, unfähig zu jeder Arbeit, zur physischen und geistigen gleicherweise, denn die Kurve seiner Genialität und seiner Tätigkeiten machte einen gefährlichen Bogen und kehrte so auf ihrer Umlaufbahn zu ihrem Ausgangspunkt zurück, zur absoluten Null, zu ihrer vollkommenen Verneinung), auf die linke Seite also, links von Gott und vom Leben, er dachte gewiß einen Augenblick, aber nur einen Augenblick, daß das eine Finte seinerseits sei, sein Sinn für Humor, seine Fähigkeit, sich in komplizierten Lebenslagen zurechtzufinden, doch sofort danach muß er gefühlt haben, in seinen Eingeweiden und mit seinem verrückten Kopf, daß er sich freiwillig auf die Seite des Todes gestellt hatte, dummerweise, so daß sie ihn also doch hereingelegt hatten, wie ein kleines Kind ... Die tückischen Augen von Frau Rebekka boten die Möglichkeit, die bittere und tragische Wahrheit zu erahnen: in dieser Kolonne der Unglücklichen und Kranken gehend, unter den entsetzten Frauen und den erschrockenen Kindern, mit ihnen und neben ihnen gehend, so großgewachsen und gebeugt, ohne seine Brille und ohne seinen Stock, die man ihm weggenommen hatte, schwankend und mit unsicherem Schritt gehend, in dieser Kolonne der Geopferten, wie der Hirte mit seiner Herde, wie ein Rabbiner mit seiner Gemeinde, wie ein Lehrer an der Spitze seiner Schüler ... ach, nein! Mit Knüppeln und Gewehrkolben schlug man ihn, er heulte und fiel hin, die Frauen sprachen ihm Mut zu und halfen ihm auf die Beine, und er, o weh, heulte wie ein kleines Kind, während sich hinter ihm der Geruch seines Leibes verbreitete, der schreckliche Gestank seines verräterischen Gedärms.

2.

Von unseren Verwandten kam nur noch mein Onkel Andrej zurück, auch er verbrannt von einer seltsamen Sonne, einer höllischen Sonne, die seiner Haut eine Farbe von krankhafter Modrigkeit verlieh – das tödliche Siegel einer schwarzen Sonne. Er brachte die Lieder der neuen Zeit mit, traurige Lagerballaden und Rabbinerklagelieder, die er halblaut, falsch, vor sich hin sang oder auf der Okarina spielte, ächzend wie eine Eule.

Ein oder zwei Tage nach seiner Rückkehr begann er den Stall an jener Stelle umzugraben, wo früher die Militärpferde gestanden hatten. Tante Rebekka widersetzte sich dem erfolglos. Die Erde, die er aus der Tiefe warf, war naß und stank nach Pferdeharn. Bald versank der Kopf meines Onkels Andrej völlig in diesem Brunnen, den er selbst ausgehoben hatte, und seine Stimme klang, wenn er Tante Rebekka kurze Befehle zuwarf, wie aus einem Grab. Zu meiner gewaltigen Verwunderung sah ich kurz darauf Tante Rebekka aus diesem stinkenden Brunnen einen Ballen Zitz herausziehen, gemustert mit flammenden Rosen, roten und blauen! Sie legte sich diesen Fang, diese Rosen, die sich wie schimmernde Tiefseefische in dem Netz aus Zitz verfangen hatten, vor die Füße. Welch ein Fang! Die ersten Rosen erblickend, die noch selten waren und winzig, erst knospend, dieses Kleinzeug an Blaufisch, verwirrt in den Maschen des Netzes, wo sie so lange gelegen hatten, daß sie schon angefangen hatten zu stinken und blaß zu werden, griff meine Tante nervös nach dem Zitz, riß an ihm mit fieberhafter Anstrengung. Oh, Unglück! Dieser gewaltige Ballen, hier am Vorabend des Krieges vergraben, in Wachstuch eingewickelt und in eine Holzkiste gelegt, war ganz und gar zerfressen vom sauren Urin der Pferde, der alles in Staub und Asche verwandelt hatte – die Rosen stanken wie verfaulte, krepierte Fische. Am nächsten Tag versuchte Tante Rebekka zu retten, was noch zu retten war: sie breitete ihr riesengroßes Netz über den Zaun, in fünf Lagen, gewiß mit dem wohltuenden Einfluß der Sonne rechnend. Um das Haus herum war also über Nacht eine Hecke von Kletterrosen gewachsen, wie um alte Schlösser herum, aber der Hof stank nach Urin. Alles vergeblich. Am Zitz zeigte sich nur klar der tödliche Einfluß der Zeit und der Finsternis, der Erde und des Bernsteinstrahls, den die Soldatenpferde im Laufe der Kriegsjahre auf die Erde gezielt hatten, schief, wie einen Sonnenstrahl. Mit Tränen in den Augen versuchte Tante Rebekka diesen einzigen Schatz zu retten, dieses verborgene Bergwerk, und sie begann, mit einer Schere einzelne Leinenstücke auszuschneiden, kaum länger als eine Elle, aber am Ende mußte sie doch alles auf den Misthaufen werfen, denn unter den Fingern zerfiel der Zitz wie Spinngewebe. Die ganze Nacht lang warfen sie und Onkel Andrej heimlich, sich vor den Bauern verbergend, mit Heugabeln diese Bofelrosen auf den Misthaufen. Oh, wie viele schreckliche Flüche wurden in dieser Nacht gegen das schwere Geschütz der Kriegspferde ausgestoßen, wie viele böse Anathemata, wie viele hervorragende und schreckliche Vergleiche!

3.

Vielleicht unter dem Einfluß unseres Vaters, dem Einfluß, dessen verhängnisvollen Fallen sie erfolgreich entgangen war, solange er lebte, begann meine Mutter sich am Gedanken zu entzücken, eine Strickmaschine zu konstruieren – aus Brettern und den Drähten alter Regenschirme. Obwohl sie ihre Handfertigkeit, in Schnelligkeit und Schönheit gleichermaßen, bis zur Vollkommenheit gebracht hatte, indem sie mit ihren aus Fahrradspeichen gemachten Stricknadeln eine richtige kleine Manufaktur aufgebaut hatte, groß genug, um den ganzen Kreis mit ihren Produkten zu versorgen, bereitete sich meine Mutter vor, mit dieser eigenhändig gebauten Strickmaschine ihre Werkstatt auszudehnen und nicht nur den Kreis, sondern das ganze Gebiet zu beliefern. Das würde es ihr ermöglichen, uns, Anna und mich, »vom Felde zurückzuziehen«, wie sie sagte, und unsere bürgerliche Würde zurückzugeben. Leider mußte meine Mutter diese Idee schweren Herzens schon nach den ersten Vorbereitungen aufgeben – es war ihr nicht gelungen, genügend alte Regenschirme ausfindig zu machen. Sie setzte also nachts die Arbeit mit der Hand fort, beim

Licht der Öllampe, in der noch immer Kriegsschmiere, vermischt mit Petroleum und Schuhcreme, brannte, ihre wie Platin blitzenden Stricknadeln schwingend. Diese zwei Stricknadeln . . . Ich sage, zwei Stricknadeln, müßte aber eigentlich sagen, daß zu diesem Strickwerkzeug auch ganz gleichberechtigt ihre Finger gehörten, nicht nur als Teile ihrer Hände und Ausführende ihres Willens, sondern eben auch als Strickwerkzeuge, wie die Nadeln; dabei meine ich vor allem die ausgestreckten Zeigefinger, denen die beiden Metallnadeln (die ja auch von ihren Händen verfertigt waren) nur als Zusatz beigefügt waren. Ohne es zu wissen, hatte meine Mutter die Strickmaschine schon verwirklicht: über dem zarten Rücken ihres Zeigefingers, dort, wo immerzu der weiche Faden floß, hatte sich ein dünner Kanal eingefurcht, wie unter der scharfen Stahlsaite eines Instruments. Mit diesem Dutzend schwingender Nadeln, mit dieser wundersamen Handschrift wurden, wie Märchen, lange weiße Seiten aus Angorawolle gestrickt, und wenn man auf diesen flockigen Flaum blies, um ihn etwas aufzulichten, erahnte man wundersame Muster, wie jene auf orientalischen Teppichen. Das Geheimnis der Kunstfertigkeit meiner Mutter war einfach – sie wiederholte sich nie. Wenn Frau Fanni genau den gleichen Pullover bestellte wie den von Fräulein Marie, so nahm meine Mutter, ohne ihre eigenen Gründe der Eitelkeit einer Dorfschönheit entgegensetzen zu können, die Bestellung kommentarlos an, aber sie machte eine neue Variation auf das angegebene Thema, die nur auf den ersten Blick dem Vorbild ähnlich war, sie verwandelte die Handschrift und das Muster, schuf einen ganz neuen Stil, der nur scheinbar dem vorigen ähnlich war, gerade so weit, um die Handschrift des Meisters, sein unwiederholbares, persönliches Siegel, erkennen zu lassen. Sie tat es aus ganz praktischen Gründen – die Produkte ihres Hauses mußten, aus Prestigegründen, Unikate sein, also unwiederholbar selbst für sie. Ihre Werkstatt blühte, jedoch nicht lange. Die Bauernfrauen und Kriegerwitwen, ermuntert durch ihr Beispiel und durch aufrichtige Bewunderung (die sich später selbstverständlich, wie meist üblich, in Neid und üble Nachrede verwandelte), fingen an langen Winterabenden selber an zu stricken, zuerst ungeschickt, dann immer besser, ihre Handschrift wurde der meiner Mutter immer ähnlicher, eine vollkommene Imitation des Originals, Imitation zwar, aber doch geschickt genug, daß Uneingeweihte den Unterschied nicht sehen konnten, den ganzen Jammer dieser betrügerischen Schöpfungen, ohne die zarte Aufrichtigkeit wahrer Inspiration und wahren Erlebnisses, nicht erkannten. Am Anfang versuchte meine Mutter, sich diesem Ansturm von Nachahmungen dadurch zu widersetzen, daß sie ihre Handschrift änderte, ihrer Kunst eine Form von weniger anziehender Virtuosität verlieh, die anderen den Mut nehmen sollte, doch vergeblich. Ihre Meisterschaft, erworben in langen, schlaflosen Nächten, durch Mühe und Arbeit, Stricken und Inspiration, Auftrennen und Aufziehen, wurde nun in den dörflichen Werkstätten verbreitet und schamlos nachgemacht. Da sie einsehen mußte, daß Scharlatane imstande sind, die Virtuosität des Meisters nachzuahmen, nahm sie Zuflucht zur Einfachheit, einer Nacktheit des Stils und Ausdrucks, ohne es dabei zu unterlassen, in dieses »Glatt« ein geheimnisvolles Muster, die mystische Rose der Eingebung und das Siegel des Meisters, zu stricken. Vergeblich. Falsche Rosen begannen in dem Angoragestrick an genau der gleichen Stelle zu erscheinen wie bei ihr. Und obwohl sie falsch waren, konnten Uneingeweihte sie nicht von den echten unterscheiden. (Und dabei hätte man nur auf die Rückseite von Mutters Strickarbeit zu sehen brauchen, dahin, wo das symmetrische Negativ ihres Werkes eingeprägt war, um an den Knötchen und Maschen, an den winzigen Wurzeln des Gestrickten erkennen zu können, wieviel Mühe notwendig war, um aus all diesen abgetrennten Fasern, den Abfällen und kurzen Fädchen die Vorderseite des Strickwerks zu machen, auf der der Abfall und die schöpferischen Tricks nicht zu sehen waren, sondern alles sauber und leicht wirkte, wie aus einem einzigen Faden gewirkt, in einem einzigen Zug. Endlich gab meine Mutter, nach schweren Versuchungen und schlaflosen Nächten, alles auf und ging wieder auf das Feld hinaus, um Ähren zu lesen – sie hatte keine einzige Bestellung mehr bekommen.

4.

Wir besteigen den Zug mit lächerlichem Gepäck, ziehen das Zigeunerzelt unserer Irrfahrten hinter uns her, das traurige Erbe meiner Kindheit. Unser historischer Koffer, mit jetzt schon zerkratzten Schlössern, die ständig nachgeben und dazu verrostet krachen, wie alte Vorderladepistolen, tauchte aus der Sintflut auf, allein und wüst, wie ein Sarg. In ihm liegt jetzt die traurige Hinterlassenschaft meines Vaters wie in einer Urne mit Asche: seine Photographien und Dokumente. Da ist auch noch sein Taufschein, da sind die Schulzeugnisse, diese unwahrscheinliche, in der kalligraphischen Handschrift einer fernen, fast mythischen Vergangenheit geschriebene Thora, wertvolle Zeugnisse des toten Dichters, historisches Archiv seiner Krankheit: Abschriften seiner Gerichtsprozesse, die Papiere der Bürstenfabrik in Subotica (die er in den Konkurs geführt hatte), Dekrete, Beschlüsse über seine Anstellung, seine Beförderung zum Eisenbahnstationschef, weiterhin zwei Briefe von ihm – »Das Große und das Kleine Testament« – sowie sein Entlassungsschein aus dem Irrenhaus in Kovin ...

Welcher Gedanke mag mich gelenkt haben, als ich dieses wundersame Archiv, hinter dem Rücken meiner Mutter, in den Koffer geschmuggelt habe? Es war zweifelsohne ein recht frühes Bewußtsein davon, daß es einmal das Erbe meiner Kindheit sein würde, der einzige materielle Beweis, daß ich einst existierte und daß mein Vater einst existierte. Denn ohne all das, ohne diese Manuskripte und Photographien, wäre ich heute ganz bestimmt überzeugt, daß es das alles gar nicht gab, daß alles nur eine nachträgliche, erträumte Geschichte ist, die ich mir zum Trost ausgedacht habe. Die Gestalt meines Vaters wäre aus meiner Erinnerung gestrichen, wie so viele andere, und wenn ich die Hand ausstrecken würde, faßte ich ins Leere. Ich würde meinen, ich träumte.

Dieses Familienarchiv, das ich vor unserer Abfahrt damals, und zwar nach meinen eigenen Maßstäben, zusammenstellte, die – heute sehe ich das – verläßlich waren, schmuggelte ich zusammen mit meinen ausgewählten Schulheften und Büchern in den Koffer: von den Heften nahm ich nur zwei mit, die mit meinen Schulaufsätzen, und von den Büchern nur die Schülerbibel, den Kleinen Katechismus, das Gärtnerhandbuch für die zweite Klasse, *Mein zweites deutsches Buch* von Frau Luise Hagsetz Lamács, die *Pilgerfahrt der Kinderherzen*, die ein gewisser Doktor Carolus Gigler, *censor dioecesanus*, auf der Grundlage eines kirchlichen Gesangbuchs zusammengestellt hatte. Da befand sich auch noch einer meiner Lieblingsromane aus einer Groschenheftserie, *Der Kapitän der Silberglocke*, und, schließlich und vor allem die Krönung meines

Archivs, *Der jugoslawische und internationale FAHRPLAN für Autobus, Schiff, Eisenbahn und Flugverkehr* aus dem Jahr 1938, dessen Chefredakteur mein Vater gewesen ist (und der seine erneute Affirmation und wundersame Metamorphose, seine Auferstehung, in einem meiner Bücher erleben wird). Diesen Fahrplan legte ich zwischen meine Sachen, zwischen *meine* Bücher, als wertvolle Erbschaft.

5.

Unter diesen seltenen Dokumenten aus meiner Kindheit befindet sich auch ein Heft, grün wie ein Blatt und nicht viel größer – inzwischen auch schon gelb geworden wie ein welkes Blatt. Neben den zwei im Knick, im Falz der Blätter angebrachten Metallklammern war nachträglich noch eine weitere Klammer hinzugefügt worden, die das dünne Heft von Deckel zu Deckel durchbohrte. Diese Klammer hatte ich selbst angebracht, eigenhändig, nachdem ich vorher die Seiten mit Mutters Stricknadel durchbohrt hatte, denn eine Seite hatte ich herausgerissen, wodurch ihr Gegenstück das Gleichgewicht verlor und zu meinem großen Entsetzen nur noch flatterte. Ich glaube, dieser fatale Fehler wurde gemacht, weil ich als Ursache meines Fernbleibens vom Unterricht, auf den Rat meiner Mutter, in dieses Kontrollheft etwas hineingeschrieben hatte, was mir nicht mehr überzeugend genug erschien, irgendeine Krankheit, Keuchhusten, Pocken oder etwas Ähnliches, mir aber gefiel die nackte, erniedrigende Wahrheit besser (eine Eigenschaft, die ich, zumindest in der Literatur, bis auf den heutigen Tag bewahrt habe). Nach einem Auszug aus den gestrengen Disziplinarregeln, in dem mit schmeichelhaften Worten die Herren Professoren und die Eltern zur Zusammenarbeit und gegenseitigen Hochachtung aufgerufen werden (»Die hochgeschätzten Eltern werden gebeten, die Herren Professoren mit Wohlwollen zu empfangen«), endet das Heft mit der Warnung, der Schüler sei streng verpflichtet, es bis zum Ende des Schuljahrs in einem sauberen Zustand aufzubewahren (daher meine Angst wegen der ausgerissenen Seite) und die eingetragenen Bemerkungen noch am selben Tag, »denjenigen, die es angeht«, zu zeigen. Auf der nächsten Seite – Platz für Unterschriften. Bei: Name der Mutter: Witwe des Eduard Sam. Bei: Name des Vaters – eine lange, gewellte

Linie: wüstes Meer. Diese Linie wie auch die gefälschte Unterschrift meiner Mutter hatte Anna, meine Schwester, eingetragen. Die Linie verläuft den vorgedruckten Strich entlang, wellt sich, und dann, am Ende, steigt sie an und bricht ab. In dieser einzigartigen Kurve, die unruhig und gezahnt ist, nur manchmal wie eine milde Welle wirkt und zum Schluß neurasthenisch und abgebrochen ist, lesen wir die Lebenslinie meines Vaters, seinen schwankenden Schritt und seinen Fall, sein Todesstöhnen: ein wahnsinniges Kardiogramm, die Handschrift seines Herzens!

6.

Worüber sprechen diese Paragraphen noch, die leeren Rubriken, die die Phantasie des Jungen mit einer unsichtbaren Tinte beschrieben hat? Sie stellen nur einfache Fragen über die Zeit, die der Schüler verbracht hat, und über seinen Stundenplan, über die Zeit in der Schule und jene außerhalb der Schule: Was lernt er? Wer lehrt ihn? Wann hat er Stunden? Welche Sprachen? Hier, in diese Fragezeichen, in diese Fragen ohne Antworten, ist der Samen des Heimwehs nach Wissen gesät worden, der bittere Neid, der Kern der heimlichen Träume und kindlichen Ambitionen. In diesen schematischen Fragen (*Klavier? Violine?*) läßt sich eine mir unzugängliche, unbekannte Welt erahnen. Aus diesem Heft, seinen Rubriken, die an weiße Glastüren erinnern, tauchen die höflichen Gesichter von Hauslehrern und Gouvernanten, helle Salons und der Frieden der Nachmittagsstunden auf, wenn die Glocke an der Tür klingelt und die blasse Gouvernante das Zimmer des Schülers (von 4 bis 6) mit einem göttlichen *Bonjour* auf den Lippen betritt, so daß gemeinsam mit ihr in das Zimmer auch die Ahnung von einer Welt einziehen kann, die jetzt nur in Chiffren erkennbar ist, doch deren geheime Schlüssel sie trägt, unter der Zunge, wie ein Medaillon, so daß die Bedeutung der Chiffren allmählich erkennbar wird. Nicht lange danach (auf, lasset uns träumen!) läutet es abermals an der Tür, wohlklingender und schöner, denn vor der Tür steht jetzt der Herr Klavierlehrer, sieh da, schon fliegt er mit langen weißen Fingern über die Tastatur, Etüden tropfen, sie dringen aus dem Kinderzimmer mit den zugezogenen Vorhängen. Und was dann? Dann kommt der Lehrer . . . nein: die Lehrerin! Zu ihrer dünnen Taille passen die vornehmen Formen der Violine viel besser, sie kriegt kein Doppelkinn, wenn sie ihren traurigen Kopf an das Instrument lehnt. (Nein, jetzt bedaure ich das nicht mehr. Es war gewiß viel schöner und nützlicher – auch dieses Wort schreibe ich mit einem Schaudern auf –, an kalten Herbstnachmittagen barfuß durch warme Kuhfladen zu stapfen.) Mit Sinn für die Wahrheit und an die Würde des Leidens glaubend, schreibe ich in dieses mein Heft, in die Rubrik: Gründe für das Fernbleiben vom Unterricht – *Fehlen von Schuhwerk* (am 13. Februar 1944) und am fünften, vierzehnten und vierundzwanzigsten Februar – *Schneesturm* ...

7.

Aber weshalb schleppten wir diese Federbetten mit, diese entsetzlichen, in Packpapier eingewickelten und mit Riemen zusammengehaltenen Ballen? Weshalb mußten wir die mit uns schleppen, wo sich meine Mutter doch von viel wertvolleren Gegenständen getrennt hatte (wie seinerzeit von ihrer Singer), als es diese säuerlichen Daunenbündel waren, feucht und klumpig, mit dem Geruch der Fäulnis behaftet, aus denen winzige Federn sickerten, die auf Haar und Kleidern klebenblieben wie schmutziger, nasser Schnee. Durch dieses löchrige Sieb aus dünnem Zitz stachen neben den flaumigen Flocken auch noch die scharfen, verhornten Spitzen dunkler Federn, die aufgezwirbelte und verklebte Flügelchen mit sich zogen. Es war nicht besonders schwierig festzustellen, an der dunkleren Farbe ohne Nuancen und Schimmer, rostrot und schwarz, daß diese Federn unecht waren, wie auch die Federbetten ungemütlich und unecht waren, denn abgesehen von einer unbedeutenden Menge einst sauberen Flaums von pannonischen Mastgänsen waren sie voll harter, unverlesener Federn von Hühnern, unter denen Seuchen nicht selten gewesen waren. Meine Mutter wußte auch ganz gewiß von diesem Betrug, der sich in unsere Träume und schlaflosen Nächte hineingeschmuggelt hatte, aber ihr bedeuteten diese Federbetten genausoviel, und das heißt alles, wie mir die Reliquien meiner Kindheit: Vaters Dokumente und meine Bücher. Für sie waren diese abgegriffenen Bettdecken das Symbol unserer Kindheit und ihrer Liebe zu uns, Andenken an jene idyllischen Abendstunden, als sie uns mit ebendiesen Federbetten, die damals noch neu waren und in Überzügen aus Batist steckten, zudeckte, sie an den Seiten und unten an den Füßen feststopfte und mit den Handflächen auf diesen gewaltigen Sauerteig klopfte, bis darunter nur noch unser Lockenhaar und die rosaroten Nasenspitzen zu sehen waren . . .

Ich glaube nicht, daß unserer Mutter die entsetzliche Tatsache verborgen bleiben konnte, deren ich mir damals selber noch nicht bewußt war: diese Federbetten, gefüllt mit unechtem Gänseflaum, waren nur eine Fortsetzung, vielleicht das letzte Kapitel dieser ahasverischen Geschichte der Irrfahrten, die mein Vater angefangen hatte, oder vielmehr seine Vorfahren, Federhändler, die von irgendwoher aus der fernen Finsternis der Geschichte zu uns gelangt waren – eine schwere, erbliche Last, die wir noch immer weiterschleppten, sinnloserweise.

DER JUNGE
UND DER HUND

Der sprechende Hund

Ich bin, wie meine Mutter erzählte, aus einem ihrer leichtsinnigen Abenteuer, das ihr sieben Kinder und viel Leid eingebracht hat, hervorgegangen. Zwei meiner Brüder und eine Schwester starben sofort nach der Geburt. Ich selbst erblickte das Licht der Welt im Haus der Frau Albine Kniper, der Hebamme des Dorfes, in den Kriegsjahren, am Anfang eines Herbstes. Sowohl meine Mutter als auch Frau Albine sorgten sich aufrichtig um mich, fütterten und streichelten mich. Mein Korb war gut mit Fetzen und Federn ausgelegt, wie das Nest eines Vogels. Meine Mutter lehrte mich das Leben: wie man mit dem Schwanz wedelt, wie man die Eckzähne zeigt, wie man die triefenden Augen putzt und wie man lästige Fliegen vertreibt. So übten wir miteinander die grundlegenden Kniffe von Angriff und Verteidigung. Es war ein schönes und ungefährliches

Spiel. Wir stürzten aufeinander los wie Dorfköter, aber die Eckzähne bedeckten wir mit Samt, und die Krallen zogen wir in die Pfoten ein, wie Degen in die Scheiden.

Eines Tages jedoch trennten sie mich von meiner Mutter, und damit beginnt eigentlich mein richtiges Hundeleben. (Dieses »Hunde-« sollte keineswegs falsch begriffen werden, ich beklage mich nicht über mein Leben, sondern sage einfach: mein Leben.)

Als Herr Berki (so hieß mein zukünftiger Herr und Meister) Frau Kniper bezahlt hatte, war noch gar nicht beschlossen worden, wer von uns mit ihm gehen würde, und ich begriff nur wenig von all dem, was um uns herum geschah. Ich erinnere mich nur, daß meine Mutter sehr traurig war und die ganze Zeit über heulte. Erst viel später habe ich verstanden, weshalb sie sich nicht wehrte und weshalb sie nichts unternommen hat. Sie tat ja all das für mein Wohl. Wer weiß, von welchem Schicksal ich geschlagen worden wäre, wenn mich Herr Berki damals nicht mitgenommen hätte. Von uns vier übriggebliebenen Hunden sind nur noch zwei am Leben. Ich und mein Bruder. Ihn hat man einem Jäger in einem anderen Dorf verkauft. Meine zwei Schwestern ereilte ein trauriges Schicksal: Frau Kniper band ihnen einen Stein um den Hals und warf sie in den strömenden Fluß. Frau Kniper war auch selber sehr betrübt, und ich weiß, sie wäre gnädiger gewesen, schon meiner Mutter zuliebe, wenn es nicht in den schweren Kriegsjahren geschehen wäre. Denn Frau Kniper liebte die Tiere, sogar diese zimperlichen Katzen, doch was wollen Sie, *à la guerre comme à la guerre*, wie der große Tierfreund La Fontaine sagen würde. Der große Schmerz raubte meiner Mutter die Sinne. Tagelang wollte sie nichts fressen, sie weinte nur und jammerte, rannte im Hof und im Dorf herum, schaute in jede Ecke. Dann sagte eines Tages Frau Kniper zu ihr: »Lola!« (So hieß meine Mutter.) »Ich mußte es tun! Verzeih mir, Lola, ich mußte!« Meine Mutter lag vor ihr mit gespitzten Ohren, um alles gut zu hören, was Frau Kniper ihr zu sagen hatte, und sah sie so traurig, die Augen so voller Tränen an, daß die alte Frau Kniper auch selber weinen mußte: »Nein, Lola, schau mich nicht so an. Ich mußte es tun. Du weißt doch selber, wie schwer wir zu Rande kommen.« Meine Mutter blickte jedoch Frau Kniper auch weiterhin gerade in die Augen, von Sinnen vor Schmerz.

»Nein, Lola, schau mich nicht so an«, sagte Frau Kniper, »ich habe sie in den Fluß geworfen!«

Da begriff meine Mutter, daß ihre Ahnungen Wirklichkeit geworden waren, sie schrie auf und rannte zum Ufer. Sie rannte und rannte flußabwärts und winselte wie ein Hund, Gott vergib mir, wie ein Mensch. Sie fand meine Schwestern an einer seichten Stelle, gestrandet, in der Nähe des Nachbardorfs, an einer Weide hängend, mit einem Stein um den Hals.

Am Abend kehrte meine Mutter nur zurück, um neben mir zu sterben.

Ich lag auf der Veranda von Herrn Berki, meinem neuen Besitzer, und dachte über das Schicksal nach, über meine unglückselige Mutter, über meine Brüder und Schwestern, über Frau Kniper, über das Leben überhaupt. Ich dachte nach und winselte, eher vor Trauer als vor Kälte.

Da erschien ein Junge und begann mich zu streicheln und mich mit seinen Händen zu wärmen, als ob ich, Gott behüte, ein Spatz sei und kein Hund. Dann blickte er mir ins Gesicht und fing an zu lachen.

»Anna, Anna«, sagte er. »Komm, schau dir etwas an. Ein Spätzchen!«

»Er ist wirklich süß«, sagte Anna und zwickte mich in die Backe.

»Dieser Hund erinnert mich an jemand«, sagte der Junge. »Ehrenwort, er sieht jemand sehr ähnlich.«

»Allerdings«, sagte Anna, seine Schwester, »an wen erinnert er mich?«

»Dich auch?« fragte der Junge.

»Das ist wirklich zum Totlachen«, sagte seine Schwester.

»Tatsächlich, das ist zum Totlachen«, sagte der Junge. Er hielt mich die ganze Zeit auf seiner Handfläche, wie einen Spatzen.

»Ich weiß, an wen er erinnert«, sagte die Schwester des Jungen.

»Sag, Anna, an wen?« sagte der Junge. »Ich bitte dich, sag es mir. Erinnere mich daran.«

»Erinnere du dich«, sagte Anna. »Los, erinnere dich.«

»Ich bitte dich, sag es mir«, sagte der Junge. »Es fällt mir nicht ein. Ich weiß nur, daß mich dieser Hund . . . Das ist wirklich zum Totlachen.«

»An die alte Dame«, sagte Anna.

»An Frau Kniper, die Hebamme!« sagte der Junge.

»Das ist zum Totlachen«, sagte seine Schwester. »Frau Kniper, wie sie leibt und lebt!«

So begann ich auch selber an meine Ähnlichkeit mit Frau Kniper zu glauben, obwohl ich, aufrichtig gesagt, nicht die geringste Ähnlichkeit mit ihr feststellen kann. Vielleicht verlieh uns nur die Traurigkeit den gleichen Gesichtsausdruck, denn auch Frau Kniper war sehr unglücklich über das, was sie getan hatte, und ich trauerte den Meinigen nach. Aber was nun die Ähnlichkeit angeht, so kann ich Ihnen sagen, daß ich meiner Mutter ähnlich war. Ich hatte die gleichen traurigen Augen, dunkelblaugrau, wie Pflaumen, die gleichen Ohren, spitz und vorn leicht eingeknickt. Mag sein, daß ich nur die Statur von meinem (unbekannten) Vater geerbt habe, denn ich entwickelte mich später zu einem schlanken Köter mit langen Beinen, wie sie, wenn ich mich recht erinnere, meine Mutter nicht hatte. Von meiner Mutter erbte ich auch noch die Farbe meines Fells, gelblichrot, und die meisten meiner Eigenschaften: Überempfindlichkeit, Ergebenheit, Duldsamkeit, Treue, Gehorsam, Nervosität sowie eine gewisse Faulheit und Leichtsinnigkeit.

Ein Hund wie ich hat keine aufregende Geschichte, über die man lange reden könnte. Ich hatte eine ziemlich glückliche Jugend (abgesehen natürlich von der Trennung von meiner Familie), obwohl ich mitten im Krieg lebte. Oder gerade deshalb. Ich werde Ihnen gleich erklären, was ich damit meine. Der Krieg schafft Menschen weg, entzieht ihnen viel Zärtlichkeit, der Krieg bringt Menschen Schrecken, macht sie mißtrauisch. Unter solchen Bedingungen bedeutet ein Hund, ein treuer Hund wie ich, besonders viel. Wenn Sie ein Kind sind und nicht überempfindlich, so können Sie ihn ohne Verzweiflung lieben, ohne Angst, später verrückt zu werden, vor Schmerz sterben zu müssen, falls ihn Ihnen der Krieg wegnehmen sollte, können ihn lieben, ohne sich selbst irgendwelche Zugeständnisse machen zu müssen, können ihm alles freizügig beichten, ohne zu fürchten, er könnte Ihre Geheimnisse und verborgenen Wünsche verraten. Zu Kriegszeiten geht es einem Hund nur so lange schlecht, bis ihm die Eckzähne gewachsen sind. (Deshalb kamen meine Schwestern um, Gott sei ihren Seelen gnädig.) Aber für einen kräftigen, erwachsenen Hund ist der Krieg einfach eine Gabe Gottes. Dann herrschen unter dem Vieh Seuchen, die Pferde krepieren, und die Soldaten graben die Kadaver gerade so tief ein, daß sie nicht aus der Erde hervorragen. Es heißt, sie werden sowieso von den Hunden und den Zigeunern ausgegraben werden.

Wen kann meine Biographie schon interessieren, da ich nicht einmal ein berühmter Jäger war (sondern nur ein ganz durchschnittlicher), auch kein bekannter Läufer, da ich nicht nur weder adeliger Herkunft bin noch einen Stammbaum besitze, sondern, wie es scheint, ein uneheliches Kind, ein Bastard also, und ich habe mich weder auf dem Schlachtfeld hervorgetan, noch wurde mir zeit meines Lebens ein Denkmal errichtet, auch bekam ich nie eine Auszeichnung vom Roten Kreuz oder irgend jemand anderem. Ich bin also ein ganz gewöhnlicher Hund, und mein Schicksal ist durchschnittlich. Was mich gewissermaßen zu einem Ausnahmefall macht, ist meine Fähigkeit zu sprechen. Und die Gnade der Sprache erhielt ich durch die Liebe eines Jungen, ich könnte sagen, eine unglückliche Liebe.

Eines Morgens erschien Herr Berki, mein neuer Besitzer, und sagte: »Andi, wie gefällt dir dieser Hund?«

»Göttlich!« sagte der Junge. (Er übertrieb immer gerne.) »Und wie wird er heißen?«

»Dingo«, sagte Herr Berki.

»Dingo?« fragte der Junge. »Dieser Name gefällt mir nicht. Erklären Sie mir bitte, Herr Berki, was das bedeutet?«

»Eine Art australischer Windhund«, sagte Herr Berki.

»Dieser Name gefällt mir sehr«, sagte da der Junge.

Obwohl mein offizieller Besitzer Herr Berki war, gehörte ich trotzdem mit Leib und Seele dem Jungen. Von allen Menschen auf der Welt paßten wir am besten zusammen und verstanden uns am besten. Ich glaube, außer seinem Alter haben dazu auch einige unserer gemeinsamen Eigenschaften beigetragen. Es ist wohl keine Sünde, wenn ich sage, daß er und ich in vielem ähnlich waren: wir waren beide faul, zügellos, aber auch treu und abenteuerlustig. Ich werde keinen Fehler machen, wenn ich auch noch sage, daß dieser Junge selbst etwas Hündisches an sich hatte: was seine Spürnase und seine Überempfindlichkeit für Gerüche angeht, bin ich sicher, daß ich nicht irre. Einsamkeit und die Trauer verbanden unser beider Leben. Seine Trauer um den Vater und meine Trauer um die Eltern schufen zwischen uns beiden eine Art auf Ähnlichkeit begründeter Freundschaft. Da ich heftig zu wachsen anfing und unter den Dorfkötern als weiser und gelehrter Hund meines weisen Herrchens ein immer größeres Ansehen errang, war der Junge etwas weniger einsam und wurde immer stolzer auf mich und immer mutiger. Denn ich befreite ihn nicht nur von seiner ererbten Angst vor Hunden (an dieser selben Krankheit litt auch sein Vater), sondern er wurde überhaupt tapferer, weil er wußte, daß er in mir einen sicheren und ergebenen Beschützer hatte. Als Gegenleistung brachte er mir viele nützliche Kunststücke bei, die Achtung hervorriefen. Ich konnte verirrte Kühe herantreiben, Maulwurfshügel ausgraben (das aus purem Vergnügen, nur um uns die Zeit zu vertreiben), Hasen nachrennen, Fuchsbauten und die Nester von Sumpfvögeln finden, Wildenten, Frösche, Schmetterlinge, Schlangen jagen. In den Stunden der Einsamkeit lernte ich von dem Jungen sogar, mit ihm zu sprechen! Ich kann mich erinnern – einmal, als uns die Kuh Apfelsine verlorengegangen war, wären wir fast in die große weite Welt geflohen. Der Junge vertraute mir unterwegs schwere und verantwortungsvolle Aufgaben an. Seine Botschaften waren so, daß ich mir selbst mehr wie eine Brieftaube vorkam als wie ein Hund. Immer wieder, wenn wir sehr unglücklich waren, schmiedeten wir den Plan, in die große weite Welt zu fliehen. Wir flohen aber nie, nun ja, wir kamen nie weiter als bis zur dritten Kreisgrenze. Manchmal ließ sich der Junge auch herbei, mir Geschichten zu erzählen oder vorzulesen. Ich glaube, daß ich nicht übertreibe, wenn ich sage, daß ich den Roman *Mensch, Pferd, Hund* auswendig kannte, so oft hatte ihn der Junge schon den Hirten erzählt, wobei er immer neue Einzelheiten erfand und ihn weiter ausschmückte.

Nein, mein Leben ist bestimmt kein Roman. Es besteht aus lauter kleinen Geschichten über viele kleine Ereignisse, lustige und traurige, jedoch ist in allen diesen Geschichten immer auch der Junge anwesend, ebenso wie ich in seinen Geschichten anwesend bin.

In der letzten Zeit bemerke ich, daß der Junge traurig ist. Auch mir gegenüber benimmt er sich irgendwie kühler, vorsichtiger. Ich merke, etwas verbirgt er vor mir. Aber ich glaube, ich habe begriffen, worum es geht, und mich übermannt wieder meine alte hündische Traurigkeit. Der Junge bereitet sich wieder vor, in die große weite Welt zu ziehen. Allerdings, diesmal ist es Wirklichkeit! Darüber kann es gar keinen Zweifel geben. Ich verstehe sogar, weshalb er mir aus dem Weg geht: er möchte diesen Abschied leichter machen. Und ich bin von dieser unerwarteten Traurigkeit krank geworden. Ich döse vor der Schwelle des Jungen nur so vor mich hin, damit er nicht ohne Abschied fliehen kann. Ich döse vor mich hin und denke über mein Leben nach.

Ich spüre, diesen Abschied werde ich nicht überleben.

A-uuu! A-uuu!

Der Brief

Lieber Herr Berki, diesen Brief schreibe ich Ihnen aus der Ferne, und ich möchte Sie grüßen und fragen, wie es Ihnen geht. Langsam gewöhne ich mich an die neuen Schulkameraden, aber alle ziehen mich wegen meiner Aussprache auf. Ich träume nachts noch immer, daß ich dort bei Ihnen bin, so daß mich auch gestern nacht Mama aufgeweckt hat, weil ich im Schlaf weinte. Mama sagt, das sei Heimweh und werde schnell vergehen.

Lieber Herr Berki, ich bitte Sie herzlich, nicht über das zu lachen, was ich Ihnen jetzt sagen werde: ich habe gestern nacht am meisten wegen meinem Hund Dingo geweint. Anna lacht mich immer aus und sagt, ich sei in diesen Hund verliebt, und vielleicht ist das sogar wahr, aber ich glaube, Sie werden mich verstehen und nicht über mich spotten.

Ich möchte Ihnen erzählen, wie schwer es mir fiel, als wir uns auf den Weg machten, wie sehr mich dieser Abschied erschütterte. Sie können sich erinnern, unmittelbar bevor der Wagen abfuhr, war ich verschwunden und erschien im letzten Augenblick, so daß alle mit mir schimpften. Ich will Ihnen jetzt sagen, wo ich damals war. Ich führte Dingo zum Ufer der Kerka, um mich von ihm zu verabschieden. Dann band ich ihn mit einem Riemen an eine Weide, und er wehrte sich nicht, er winselte nur. Er wollte mir nachgehen und bat mich, ich solle ihn loslassen, aber ich sagte ihm, er solle bleiben, so sei das Leben und ich wisse nur zu gut, daß ich nie einen besseren Freund finden würde als ihn, weder unter den Hunden noch unter den Menschen. Dann hörte ich, daß man nach mir rief, so daß ich fortlief, um mich von Ihnen allen zu verabschieden. Können Sie sich erinnern, wie wir alle weinten, auch meine Mutter und Anna und Ihre Mutter und Sie? Wir wußten ja, daß wir uns nie mehr sehen würden. Ich erinnere mich an all die Jahre, die wir dort verbracht hatten, an meinen verstorbenen Vater, der nie heimgekehrt war, an Sie und Ihre Mutter, an Frau Rigó, die Lehrerin, Béla Hermann, Lacika Tót, Julia Szabó und alle anderen. Unterwegs traute ich mich nicht zurückzuschauen, um nicht noch lauter aufheulen zu müssen, wenn ich das Dorf zum letztenmal sehen würde, den Kirchturm, den Grafenwald und alles übrige. Und trotzdem konnte ich einfach nicht widerstehen. Und was glauben Sie, Herr Berki, wen sah ich? Hinter uns lief Dingo her, und er winselte, so laut er konnte, und wir alle mußten auch wieder aufheulen. Dann bat ich Onkel Martin, er solle ihn mit der Peitsche vertreiben und die Pferde schneller antreiben, weil ich dieses Winseln überhaupt nicht mehr aushalten konnte. Dingo, das können Sie sich vorstellen, war am Ende seiner Kräfte, denn er war uns bis nach Csesztreg nachgelaufen! Er war voller Schaum, und die Zunge hing ihm aus dem Maul. Ich fing an zu schreien, zu brüllen, so daß Onkel Martin ihn ständig auspeitschen mußte, bis er endlich stehenblieb, bis er vielmehr vor lauter Erschöpfung mitten auf der Landstraße zusammenbrach. Sogar als der Zug abfuhr, sah ich noch immer ständig aus dem Fenster und weinte. Es schien mir, als hörte ich noch sein Winseln und als laufe er noch immer hinter uns her.

Also, lieber Herr Berki, dies wollte ich Ihnen erzählen und Sie bitten, mir einen Brief über das alles zu schreiben. Schreiben Sie mir bitte auch, wie es Dingo geht. Und ich möchte Sie auch bitten, wenn Sie mich nicht auslachen, daß Sie ihm meinen Brief vorlesen und ihm sagen, es sei nicht meine Schuld, daß ich ihn nicht habe mitnehmen können, und daß ich ihn nie vergessen werde. Sagen Sie ihm auch, daß ich eines Tages, wenn ich ein Dichter bin, über ihn ein Gedicht oder eine Fabel schreiben will. In dieser Fabel wird der Hund sprechen können. Und er wird selbstverständlich Dingo heißen. Ich bitte Sie also, Herr Berki, tun Sie mir den Gefallen, er wird bestimmt alles verstehen, nur, schauen Sie ihm beim Sprechen in die Augen und wiederholen Sie meinen Namen. Sagen Sie ihm: Andi, Andi, Andi läßt dich grüßen. Und sprechen Sie langsam zu ihm, wie zu einem ganz kleinen Kind. Sie werden sehen, er wird Sie verstehen. Er wird anfangen zu winseln, wenn Sie meinen Namen erwähnen. Das wird bedeuten, daß er alles verstanden hat.

Am Ende möchte ich Sie noch bitten, daß Sie gut auf ihn aufpassen und daß Sie ihm ein gutes Abendessen für das Geld kaufen, das ich Ihnen schicke. Er mag am liebsten Pferdefleisch (mit vielen Knochen), und das können Sie gewiß am besten in Baksa kaufen, bei Herrn Fejes, dem Metzger. Auch bitte ich Sie, lieber Herr Berki, daß Sie in Ihrem Brief an Mama dieses Geld nicht erwähnen (es ist von meinen Ersparnissen), denn sonst würde mich Anna sicher verspotten. Deshalb ist es am besten, wenn Sie mir persönlich schreiben, so wie ich Sie gebeten habe. Das ist vorläufig alles.

Sie und Ihre Mutter, Frau Rigó und alle meine Kameraden, insbesondere Béla Hermann, Lacika Tót und Julia Szabó, sowie alle anderen grüße ich herzlich. Ich denke gerne an Sie alle.

Ihr armer
Andreas Sam, Schüler

Die Antwort

Mein lieber Andi, ich freue mich, daß es Dir gutgeht und daß Du ein guter Schüler bist, wie ich es auch aus dem Brief Deiner Mama ersehen kann. Aus Deinem Brief ersehe ich, daß

Du noch immer gut schreibst und daß Deine Handschrift immer besser wird. Ich bin überzeugt, daß Du eines Tages ein Dichter sein wirst, und nach Deinem verstorbenen Vater zu urteilen, hat es Euch, den Sams, an Phantasie nie gefehlt. Was Deine Bitte angeht, mein lieber Dichter, so kann ich Dir sagen, daß ich sie Dir bestimmt sehr gerne erfüllt hätte, wenn nicht geschehen wäre, was Dir, wie ich weiß, sehr leid tun wird zu hören.

Dingo ist an jenem Tag, als ihr abgereist seid, müde und wie verprügelt nach Hause gekommen und hat lange gewinselt und geheult. Den ganzen Tag wollte er keinen Bissen essen, obwohl wir sogar Leber vor das Haus getragen haben, er hat nur sehr viel Wasser getrunken, unmäßig viel.

Am nächsten Tag fanden wir ihn krepiert vor der Tür.

Mein lieber A.S., sei nicht zu traurig deswegen, es gibt im Leben auch noch schlimmere Dinge – das wirst Du schon sehen, wenn Du erwachsen bist. Ich kann Dir nur sagen, daß es mir auch sehr leid tat, es war wirklich ein wunderbarer Hund, und meine Mutter hat sogar geweint. Du wirst es selbstverständlich überstehen und eines Tages ganz vergessen. Für dieses Geld, das ich Dir schicke (das ist mit Zinsen), kauf Dir einen Füllfederhalter und versuche, über dieses Ereignis einen Aufsatz zu schreiben, in Versen oder in Prosa, und schicke ihn mir dann. Wenn er gut ist, zeige ich ihn auch Frau Rigó, Deiner Lehrerin, und sie wird sich bestimmt freuen. Und wenn er ihr auch gefällt, wird sie ihn vielleicht im *Guten Hirten* veröffentlichen lassen.

Deine Kameraden lassen Dich grüßen.

Sei brav und nicht zu traurig.

Dein Onkel Berki

DIE ÄOLSHARFE

DIE HARFE IST EIN INSTRUMENT, das mehr als jedes andere die mittelalterliche Formel des Schönen *(perfectio prima)* und des Zweckmäßigen *(perfectio secunda)* veranschaulicht; also, schön für das Auge zu sein, was bedeutet, nach den Regeln der formalen Harmonie gemacht zu sein; jedoch vor allem seinem ursprünglichen Zweck zu entsprechen: einen angenehmen Ton von sich zu geben.

Im Alter von neun Jahren hatte ich eine Harfe. Sie bestand aus Stromleitungsmasten und sechs Paar elektrischen Drähten, die um Porzellanisolatoren geschlungen waren, die aussahen wie ein unvollständiges Teeservice. (Einen Isolator hatte ich mit einer Schleuder zerbrochen, bevor ich entdeckte, welche musikalische Funktion dieses chinesische Porzellanservice im Rahmen meines Äolsinstrumentes hatte.)

Da hiermit das Stimmsystem beschrieben ist, kann ich dazu übergehen, die übrigen Teile vorzustellen.

Um also eine Äolsharfe zu bekommen, braucht man noch (außer den schon erwähnten Porzellanknöpfen zum Stimmen der Drähte) *mindestens* zwei Stromleitungsmasten aus gewöhnlichem geteertem Tannenholz. Die ideale Entfernung zwischen den Masten beträgt fünfzig Meter. Der Mast sollte lange (mindestens fünf bis zehn Jahre) abwechselnd dem Einfluß von Regen, Frost und Sonnenhitze ausgesetzt sein, so daß unter den plötzlichen Temperaturschwankungen (zwischen +36° und -22°C) das Holz der Länge nach aufplatzt. Und platzen wird es, wie ein trauriges Herz, wenn es begreift, daß es unwiderruflich aufgehört hat, ein Stamm zu sein, ein Baum, eine Tanne, und daß es endgültig und unwiderruflich ein Stromleitungsmast geworden ist.

Dann endlich, wenn das verwundete, geplatzte Holz begreift, daß es für immer bis zu den Knien und über die Knie hier eingegraben ist und demzufolge keine Hoffnung auf Flucht hat, dann bleibt ihm nichts anderes übrig, als in die Ferne zu blicken, zu den Wäldern, die ihm mit dem Kopf zunicken.

Und dann versteht es, daß seine nächsten Freunde, Freunde und Genossen, jene anderen beiden Masten sind, etwa fünfzig Meter von ihm entfernt, links und rechts; genauso in Trauer und bis zu den Knien in die schwarze Erde eingegraben.

Wenn dann also die Masten mit Drähten verbunden werden und ihnen statt grüner Zweige dieses chinesische Teeservice (sechs Paar umgedrehter Tassen, aus denen nicht einmal Vögel werden trinken können) auf den Kopf gesetzt wird, fangen sie an zu singen, auf ihren Saiten zu spielen. Man muß nur sein Ohr an den Mast legen; aber das ist kein Mast mehr, das ist jetzt eine Harfe.

Manche Leser ohne Erfahrung (die nie ein Ohr an einen Stromleitungsmast gelehnt haben) werden die Meinung vertreten, daß da Wind notwendig sei. Aber nein. Das ideale Wetter, die richtige Zeit für so eine Harfe ist ein heißer Julitag, Hundstagshitze, wenn es vor Hitze nur so flimmert in der Luft und wenn eine Fata Morgana Sinnestäuschungen hervorruft; wenn das Holz trocken ist und klingt, als wäre es hohl.

Fast hätte ich es vergessen: der ideale Ort, um so eine Harfe aufzustellen, ist am Rand einer uralten Straße. Die, von der ich erzähle, war als Postweg noch zu der Zeit gebaut worden, als Pannonien von den Römern besiedelt wurde. Dank dieser Tatsache empfängt die

Säule der Harfe, wie eine Antenne, Klänge aus grauer Vorzeit; die Melodien kommen aus der Vergangenheit und aus der Zukunft.

Ein kompletter Saitensatz umfaßt eine ganze Oktave in Moll und geht über die Dominante leicht in Dur über.

Soweit zum Instrument selbst.

Jetzt heißt es nur sich umblicken, um sich davon zu überzeugen, daß niemand auf der Kaiserstraße ist, niemand im Getreide, niemand im Straßengraben, niemand am Horizont. Falls ein mit Heu, Luzerne oder Getreide beladener Wagen kommt, heißt es sich flink im Abflußkanal an der Straße verstecken und abwarten, bis der Wagen vorbei ist.

Es ist Ihnen klar: hier ist Alleinsein notwendig. Denn was hätten Sie davon, wenn man über Sie erzählen würde, Sie seien wahnsinnig wie Ihr Vater, und wenn man Sie fragen würde, wozu Sie Ihren Kopf an diesen Stromleitungsmast legen? Die einen werden denken, Sie seien so blöd, zu glauben, daß in dem trockenen, geplatzten Stromleitungsmast Bienen schwärmen, und hätten nur Appetit auf Honig; die anderen werden vielleicht sagen, Sie lauschten, ob die alliierten Flugzeuge kommen, um jemandem darüber berichten zu können; und wieder andere können in ihrer

Phantasie so weit gehen, daß sie denken, Sie würden irgendwelche geheimnisvollen Botschaften aus dem All empfangen.

Deshalb (unter anderem) überprüft man am besten, ob niemand auf der Kaiserstraße ist, niemand im Getreide, niemand im Straßengraben, niemand am Horizont.

Ich gebe zu, wenn jemand, der von Musik nichts versteht, sein Ohr an den Mast lehnen würde, könnte er wirklich glauben, das ferne Dröhnen von Flugzeugen zu hören, und würde gleich danach von der Straße fliehen und sich im Graben verstecken; oder er würde kopflos davonlaufen und das Dorf davon unterrichten, daß sich ein Bombengeschwader nähert. Aber das ist nur der erste (falsche) Eindruck; das ist nur die Begleitung, das sind Bässe, in denen das Gehör des Knaben den *Klang der Zeit* erkennt; denn aus der Tiefe der Zeit und der Geschichte dringen Klänge wie von Quasaren, entfernten Sternen. (Der Duft des geschmolzenen Harzes ist dabei nur ein Reiz, wie wenn im Tempel duftende Kräuter, Sandelholz oder Weihrauch entzündet werden.)

Das singt ihm, wenn er die Augen fest geschlossen hält, das singt ihm die Harfe ins Ohr: daß er bald aufhören wird, als Knecht bei Herrn Molnár zu arbeiten; daß sein Vater nie zurückkehren wird; daß er die Hütte mit dem Fußboden aus gestampfter Erde verlassen und endlich nach Montenegro zu seinem Großvater kommen wird; daß er neue Bücher haben wird; daß er 1 500 Bleistifte, 200 Füllfederhalter, 5 000 Bücher haben wird; daß seine Mutter bald sterben wird; daß er ein Mädchen treffen und ewiglich lieben wird; daß er reisen wird; daß er Städte und Meere sehen wird; daß er – tief in die ferne Geschichte und in biblische Zeiten eindringend – seiner trüben Herkunft nachforschen wird; daß er eine Geschichte über eine Äolsharfe aus Stromleitungsmasten und Drähten schreiben wird.

NACHBEMERKUNG

Obwohl erst vierzehn Jahre nach Erscheinen des Buchs *Frühe Leiden* entstanden, gehört die Geschichte »Die Äolsharfe« in thematischer Hinsicht zu diesem Zyklus. Deshalb habe ich sie im Rahmen der *Gesammelten Werke* in diese Sammlung am Ende der Ballade als eine Art lyrischen Epilog eingeordnet.

Juli 1983 D.K.

GEBURTSURKUNDE

(Eine kurze Autobiographie)

Mein Vater erblickte das Licht der Welt im Westen Ungarns und besuchte die Handelshochschule in der Geburtsstadt eines gewissen Herrn Virág, der durch die Gnade des Herrn Joyce zum berühmten Leopold Bloom werden sollte. Ich nehme an, es war die ziemlich liberale Politik Kaiser Franz Josephs II. sowie Anpassungsbedürfnis, was meinen Großvater bewog, seinem noch minderjährigen Sohn einen ungarischen Nachnamen zu geben; zahlreiche Elemente der Familienchronik werden jedoch für immer im dunkeln bleiben: im Jahre 1944 wurden mein Vater und all unsere Verwandten nach Auschwitz deportiert, und von dort ist fast keiner zurückgekehrt.

Unter meinen Vorfahren mütterlicherseits gibt es einen legendären montenegrinischen Helden, der mit fünfzig zu schreiben begann und dem Ruhm seines Säbels den seiner Feder hinzufügte, sowie eine »Amazone«, die aus Rache den Kopf eines türkischen Despoten abschlug. Die ethnographische Rarität, die ich darstellte, wird also mit mir aussterben.

Ich war vier Jahre alt (1939), als mich meine Eltern, nach Ausrufung der antijüdischen Gesetze in Ungarn, in der Himmelfahrtskathedrale von Novi Sad orthodox taufen ließen, was mir das Leben rettete. Bis zu meinem dreizehnten Lebensjahr lebte ich in Ungarn, im Geburtsort meines Vaters, wohin wir 1942, nach dem Massaker von Novi Sad, geflüchtet sind. Ich arbeitete bei vermögenden Bauern und ging daneben in die Schule, wo man mir den Katechismus und die katholische Auslegung der Bibel beibrachte. Die »beunruhigende Differenz«, die Freud Heimlichkeit nennt, muß die eigentliche Quelle für meine literarische und metaphysische Inspiration gewesen sein; mit neun schrieb ich meine ersten Gedichte, auf ungarisch; das eine handelte vom Hunger, das andere war ein Liebesgedicht par excellence.

Von meiner Mutter habe ich den Hang geerbt, Tatsachen und Legenden zu verknüpfen, von meinem Vater das Pathos und die Ironie. Meine Beziehung zur Literatur erscheint nicht wenig durch den Umstand geprägt, daß mein Vater einen Internationalen

Fahrplan verfaßt hat: das ist mein ganzes kosmopolitisches und literarisches Erbe.

Meine Mutter las Romane, bis sie zwanzig war, dann entdeckte sie, nicht ohne Bedauern, daß Romane bloßer Schwindel sind, und verwarf sie ein für allemal. Ihre Aversion gegen »reine Erfindungen« ist latent auch in mir vorhanden.

1947 wurden wir mit Hilfe des Roten Kreuzes nach Cetinje repatriiert, wo mein Onkel mütterlicherseits lebte, ein bekannter Historiker, ein Biograph und Kommentator von Njegos. Gleich nach unserer Ankunft meldete ich mich zur Aufnahmeprüfung an die Kunstschule. In der Prüfungskommission waren Petar Lubarda und Milo Milunovic. Voltaires Büste, die wir zeichnen mußten – ein Gipsabguß der Statue von Houdon –, erinnerte mich an eine alte Deutsche, die ich in Novi Sad gekannt hatte, und ich gab sie so wieder. Ich wurde trotzdem aufgenommen, wahrscheinlich wegen meiner andern Arbeiten. Bis zum Eintritt blieben mir noch ein, zwei Jahre Gymnasium. Da beschloß ich, dennoch das Abitur zu machen.

Zwei Jahre lang studierte ich Geige an der Musikhochschule beim alten Simonutti, den wir »Paganini« nannten, weil er ihm glich, aber auch weil er eine Vorliebe für Tremolos hatte. Genau zu dem Zeitpunkt, als ich zur zweiten Lage kam, wurde die Musikschule nach Kotor verlegt. Ich spielte nun ohne Noten, Zigeunermusik und ungarische Romanzen sowie, auf dem Schülerball, Tangos und English-Waltz.

Im Gymnasium fuhr ich fort, Gedichte zu schreiben und ungarische, russische und französische Poesie zu übersetzen, vor allem um meinen Stil und meine Sprache auszubilden; ich wollte Dichter werden und lernte das Metier. Das Russische wurde uns von weißen Offizieren beigebracht, Emigranten der zwanziger Jahre, die unsere verschwundenen Lehrmeister ersetzten und mit gleicher Kompetenz so unterschiedliche Fächer wie Mathematik, Physik, Chemie, Französisch und Latein unterrichteten.

Nach dem Abitur immatrikulierte ich mich an der Universität Belgrad, wo ich als der erste meiner Generation am wiedereingerichteten Lehrstuhl für Vergleichende Literaturwissenschaft diplomierte.

Als Lektor für Serbokroatisch und jugoslawische Literatur weilte ich in Straßburg, Bordeaux und Lille. Seit einigen Jahren lebe ich in Paris, im zehnten Arrondissement, und ich verspüre kein Heimweh; beim Aufwachen weiß ich oft nicht, wo ich mich befinde: ich höre, wie sich meine Landsleute auf der Straße etwas zurufen, und aus den Kassettenrecordern der Autos, die unter meinem Fenster geparkt sind, tönen Harmonikaklänge.

(1983) D.K.

INHALT

Danilo Kiš

Enzyklopädie der Toten

Erzählungen

Band 9198

Für seinen neun Erzählungen umfassenden Prosaband »Enzyklopädie der Toten«, sein drittes auf Deutsch erschienenes Werk, ist Danilo Kiš von der Kritik als einer der markantesten Gegenwartsautoren Europas hochgelobt worden. Kiš, ein Autor des Labyrinthischen, des Traums und der Parabel, steht in der literarischen Nachfolge von Jorge Luis Borges, wie vor allem die eindrucksvolle Titelgeschichte sehr deutlich zeigt. Sie erzählt von einem riesigen Bibliothekslabyrinth in Schweden, das in seiner »Enzyklopädie der Toten« gerade nicht die illustren Persönlichkeiten der Weltgeschichte, sondern ausschließlich jene zahllosen Unbekannten und Namenlosen verzeichnet, deren Leben sonst nirgends eine Rolle spielt.
Kiš schreibt an gegen die Menschenverachtung und gegen den Mutwillen und Zynismus der Macht. Was er dem entgegenzusetzen hat, ist nicht eine vage Hoffnung auf Veränderung oder sonst ein schönes Versprechen für die Menschheit, sondern der Mut, die Würde und die Überlegenheit, wie sie aus dem Bewußtsein von Vergänglichkeit und Tod resultieren.

Fischer Taschenbuch Verlag

fi 952/2

Danilo Kiš · Sanduhr

Roman

Ins Deutsche übersetzt von Ilma Rakusa

Band 9554

Danilo Kiš, einer der wichtigsten zeitgenössischen Schriftsteller Europas, schreibt wider das Vergessen, zumal das Vergessen der Opfer. In seinem mehrfach ausgezeichneten Roman folgt er den Spuren eines Mannes, von dem man zunächst nur die Initialen erfährt, E. S. – pensionierter Eisenbahninspektor, Familienvater, Schachspieler, Kaffeehausbesucher, ewiger Reisender, ehemaliger Zwangsarbeiter, Irrenhausinsasse. Außerdem ist E. S. Jude, und im übrigen spielt die Geschichte im Jahre 1942. Dem Buch liegt die Geschichte des Vaters von Danilo Kiš zugrunde, der 1944 in Auschwitz umkam.
In einer an architektonische und musikalische Muster erinnernden Komposition von Rede und Gegenrede, innerem Monolog, Verhören und Briefen erkundet der Roman ein Leben, das gezeichnet ist von Hilflosigkeit, Ratlosigkeit, Unruhe und Angst – »Angst vor der Nacht, Angst vor dem nächsten Tag, Angst vor Uniformierten, Angst vor Alter und Krankheit, Angst vor Hunden, Angst vor Gott, Angst vor dem Tod, Angst vor der Hölle«. Und doch ist das Fazit dieses Lebens: »Es ist besser, man gehört zu den Verfolgten als zu den Verfolgern.«

Fischer Taschenbuch Verlag

fi 1810 / 1

Veljko Barbieri
Epitaph eines königlichen Feinschmeckers
Roman
Ins Deutsche übersetzt von Barbara Antkowiak

Band 11026

›Epitaph eines königlichen Feinschmeckers‹ ist eine an Kafka, auch an Orwell erinnernde Parabel auf den Zynismus der Macht und die Behauptung des Individuums.
In irgendeinem ungenannten Lande, das zum »Wohle des gesellschaftlichen Ganzen« seine Bürger terrorisiert, sofern diese sich individuelle Freiheiten erlauben, hat sich ein Bürger durch seine Neigung zur Feinschmeckerei verdächtig gemacht. Eine Abteilung des Ministeriums für Öffentliche Ordnung und Moral beginnt ihn in Gestalt des sogenannten »Chefs« zu bespitzeln, zu verhören und zu verfolgen. Er wird schließlich angeklagt, »das Staatsgefüge durch die Vergeudung von Zeit und Geld für Beschäftigungen ohne gesellschaftlichen Nutzen gefährdet« zu haben. Das Gericht erkennt auf die Höchststrafe: »Dem Angeklagten wird der Kauf und Erwerb jeder Art von Lebensmitteln sowie die Einnahme von Speisen in staatlichen und privaten Restaurants und Gaststätten untersagt.«
Nach einigen Tagen des Hungers, einem gescheiterten Versuch, sich auf dem Schwarzmarkt Lebensmittel zu besorgen, beschließt der Feinschmecker, sich nach dem Vorbild des römischen Feinschmeckers Gabius Apicius zu Zeit des Kaisers Tiberius dem staatlichen Zugriff zu entziehen.

Fischer Taschenbuch Verlag

fi 2012/1